Eine Amsel hat schwarz zu sein – basta. Ist sie das nicht, werden die gelben Schnäbel gewetzt ... In 39 kurzen Prosastücken zeigt Franz Hohler sein Gespür für die kleinen Ereignisse im Alltag, die so banal nicht sind, wie sie zunächst scheinen. Da verwandelt sich das Aufräumen der Wohnung in eine Schlacht um Leben und Tod, und nach einem schlechten Kinofilm wird dem Erzähler plötzlich klar, daß er einen kostbaren Nachmittag herumgebracht, nein: umgebracht hat. Und wie gleichgültig erst die Zeitgenossen sind! Da müssen sich schon Jesus und der Teufel zusammentun, um dem Papst noch einen Schrecken einzujagen ...

Franz Hohler wurde am 1. März 1943 in Biel geboren und lebt als Kabarettist und Schriftsteller in Zürich.

Franz Hohler

Die blaue Amsel

Deutscher Taschenbuch Verlag

Von Franz Hohler
sind im Deutschen Taschenbuch Verlag erschienen:
Der neue Berg (11833)
Die Rückeroberung (12008)

Ungekürzte Ausgabe
Oktober 1998
Deutscher Taschenbuch Verlag GmbH & Co. KG,
München
© 1995 Luchterhand Literaturverlag GmbH, München
Umschlagkonzept: Balk & Brumshagen
Satz: Wagner, Nördlingen
Gesetzt aus der Bembo
Druck und Bindung: C. H. Beck'sche Buchdruckerei,
Nördlingen
Gedruckt auf säurefreiem, chlorfrei gebleichtem Papier
Printed in Germany · ISBN 3-423-12558-6

Inhalt

Aufräumen

Den schafwollenen kleinen Teppich im Badezimmer, auf welchem der Hund über Nacht geschlafen hat, zusammenrollen und hinter den Wäschekorb stellen oder eher zwischen dem Wäschekorb und der Kommode einklemmen.

Nach dem Frühstück die Brosamen an den Tischrand wischen, in die Hand fallen lassen und auf den Fenstersims streuen, als Vogelfrühstück, der großen Kälte wegen.

Den Deckel der von einem Freund geschenkten Orangenkonfitüre wieder zuschrauben und zusammen mit der andern, auch geschenkten, aber nicht gebrauchten Johannisbeerkonfitüre und der Margarine wieder in den Kühlschrank stellen.

Das Kaffeefilterpapier mit dem feuchten, noch warmen Pulver in den kleinen Kompostkübel im ausziehbaren Abfallfach leeren, dann den Kaffeefilter kurz unters Wasser halten und umgekehrt auf den Geschirrabtropfer legen.

Das Streichholz, mit dem vor dem Frühstück die Kerze angezündet wurde, unter der Morgenzeitung entdecken und es in den offiziellen Kehrichtsack der Stadt Zürich werfen.

Die Zeitung von gestern und das Tagblatt von gestern, die immer noch auf dem Tisch liegen, zusammen mit der Zeitung von vorgestern und dem Tagblatt von vorgestern, die unter der Zeitung von gestern und dem Tagblatt von gestern liegen, sowie einige Bulletins von Organisationen, die unter der Zeitung und dem Tagblatt von vorgestern liegen, zum vor kurzem in einem Bürogeschäft gekauften Zeitungshalter unter dem Telefontischchen tragen und dort stapeln. Wurden nicht soeben zwei Packen alter Zeitungen aus ebendiesem Halter gehoben, umschnürt und in den Keller getragen, für die nächste Altpapierabfuhr? Nachdenklich den schon fast wieder vollen Halter betrachten.

Ins Badezimmer gehen und aufs Rasieren verzichten, denn heute soll ausschließlich aufgeräumt werden, jede Gepflegtheit wäre gelogen.

Das über Nacht getrocknete Seidenpyjama von den Bügeln nehmen und im Schlafzimmer unters Kopfkissen legen. Die Unterhose von gestern in den Wäschekorb schmeißen, und, da keine brauchbare neue mehr im Kasten liegt, ins Zimmer gehen, in welchem ein Haufen gewaschener, aber weder zusammengelegter noch geglätteter Kleider liegen, eine Unterhose heraussuchen und dabei denken, die Wäsche sollte man auch drannehmen.

Ein Umbau des Büroraums steht bevor. Die Gestelle des Büros müssen umgelagert werden, und zwar in den Archivraum, wozu erst der Boden dieses Raumes freigemacht werden muß, der schon lange überstellt ist mit allen möglichen Dingen, die einmal aus momentaner Verzweiflung ganz rasch dort deponiert wurden. Die Befreiungsaktion für den Boden kann aber nicht anders vor sich gehen als durch eine weitere Umlagerung eines Teils des Archivrauminhalts auf den Estrich, der seinerseits so überfüllt ist, daß dort mit der Bodengewinnung begonnen werden muß.

Also in den Estrich steigen und versuchen, die eine Ecke freizumachen, die mehr als eine Ecke ist, nämlich ein Dachvorsprung, der von den Kindern, als sie noch Kinder waren, hüttenartig genutzt wurde.

Den überraschenderweise vorgefundenen Rücksitz des längst aufgegebenen Citroëns auf den obersten Absatz des Treppenhauses hinuntertragen, ebenso wie die zwei kleinen Zusatzsitze aus dem Laderaum des Kombis.

Die riesigen Flugzeuge bewundern, welche die Kinder aus Karton und Klebeband hergestellt hatten, es nicht übers Herz bringen, sie in Stücke zu reißen, und sie auf die andere Seite des Estrichs tragen, wo weitere Welten aus Karton von anderen Zeiten und anderen Wesen künden. Ein Carthago, dessen Schicksal es von Anfang an war, einmal zerstört zu werden. Beschließen, die Auswahl des zu zerstörenden der Frau zu überlassen, die in Kürze nachzukommen versprach. Matratzen aufeinanderstapeln, die bei unvorhergesehenem Einfall von Gästescharen hinuntergebracht werden können, und alte Schlafsäcke darüber ausbreiten.

Für die nun einsetzende Zerstörung Carthagos, oder Vinetas eher, eine Schachtel holen für die Kartontrümmer. Immer wieder neue Kartonstücke hineinschieben und sich wundern, wieviel noch hineingehen, auch nachdem sie schon gefüllt ist. Die volle Schachtel auf den obersten Treppenabsatz tragen und eine neue Schachtel holen. Beim Öffnen des Schachtelvorratsräumchens unter der Estrichtreppe zu verhindern versuchen, daß mehrere Schachteln aus der Türe stürzen. Sich ärgern über die schlechte, wohl zu hastige Stapelung, sich freuen, weil die Schachteln endlich wegkommen.

Zwischen Büchern und alten Kopfhörern eines Sohnes zwei Batterien finden. In die Wohnung hinuntergehen und aus dem Körbchen mit den Veloklammern, Sonnenbrillen und den Handschuhen den Batterieprüfer herausklauben. Sehen, daß beide Batterien noch Ladung anzeigen, also beide zu den Batterievorräten legen und sich vornehmen, bei Bedarf diese Batterien zuerst zu gebrauchen, obwohl sonst im Haushalt vor allem mit wiederaufladbaren Batterien gearbeitet wird, wenn überhaupt.

Dann angesichts der Küchennähe einen Schluck eines Gemüsesaftes trinken. Da es der letzte Rest ist, die Flasche ausspülen, den metallenen Halskragen mit einem Küchenmesser aufschlitzen und im Abfallfach in den kleinen Behälter legen, der scherzhaft mit »Heavy Metal« angeschrieben ist. Danach die Flasche auf den Balkon stellen, zu den andern leeren Flaschen, die einmal jemand in den Keller tragen und dort in bereitstehende Kisten, nach Farbe geordnet, stellen wird. Vermuten, daß dieser Jemand der Aufräumende selbst sein wird.

Kaum im Estrich oben, wieder hinuntergehen, weil eine Zange vonnöten ist, um verschiedene Nägel aus dem Boden und aus den Balken zu ziehen. Die krummen Nägel nicht in den Abfallsack fallen lassen, sondern im Schachtelräumchen, aus dem beim Öffnen sofort wieder die vorhin provisorisch zurückgestoßenen Kartons herauspurzeln, ganz zuunterst ein geflochtenes, gerecht bezahltes indisches Teeschächtelchen herausgrübeln, in das die krummen Nägel gelegt werden, bis sie später im »Heavy Metal«-Behälter enden werden.

Dann in den Archivraum hinuntergehen und eine Schachtel, die schon lange mitten im Raum Platz versperrt, hervorzerren, eine Schachtel mit Manuskriptentwürfen, genau die Art von Dingen, die in die äußerste Ecke eines Estrichs gehören und damit nochmals die Gnadenfrist einer weiteren Generation erhalten.

Ein altes Vortragspult, vor 25 Jahren aus dem Fundus des Stadttheaters Olten zum Aufräumenden gekommen, den langen Treppenweg bis in die Garage hinuntertragen. In der Garage, in welcher statt eines Autos ein Handwagen, Velos, Wintersportgeräte, Möbel und Bühnenrequisiten stehen, eine freie Ecke suchen und schließlich auch finden.

Die Garage abschließen, nach oben gehen und dort einen Freund antreffen, der gestern um Mithilfe gebeten wurde und der heute Zeit hat. Er wird die soeben vom Aufräumenden gesichteten Harassen aus der Garage hervorholen und nach oben tragen, um Ordner darin zu verstauen, in denen Leute ihre Ablehnung oder Zustimmung zur Arbeit des Aufräumenden äußern, Ordner mit erloschenen Verträgen und abgegoltenen Leistungen, und der Freund wird helfen, diese Ordner auf den Estrich zu tragen, in die neugewonnene Ecke, die bedenklich rasch aufgefüllt wird, mit aufbewahrten Zeitungen auch, die alte Neuigkeiten enthalten, welche bedeutsam waren, die Berliner Mauer sei gefallen, die UdSSR sei aufgelöst, Dürrenmatt sei gestorben, am Golf sei Krieg, und Frisch sei auch gestorben, und Niklaus Meienberg, und ein »Corriere della Sera« fällt aus einer Mappe, ein Interview von Oriana

Fallaci mit Khomeini enthaltend, wann war das, im Paläolithikum oder in der letzten Zwischeneiszeit, und die alten Agenden sind auch alle noch da und wehren sich mit erbarmungswürdigem, zerschlissenem Aussehen gegen ihre endgültige Kraftloserklärung, lieber noch ein paar Jahre ins Altersheim in der Dachbodenecke, gemeinsam mit den Nachrichten und Anfragen und Verhandlungen von früher, und die älteste Agenda ist von 1953, da war er zehnjährig, der Aufräumer, und hat sich von den Menschen, die er kannte, den Tag ihres Geburtstags unterschreiben lassen, mit ihrem Jahrgang, und da findet er alle vier verstorbenen Großeltern, Jahrgang 1884, 1888, 1890, und dann hat er noch eine 96jährige Frau gekannt in seiner Verwandtschaft, und auch sie hat unterschrieben, er erinnert sich, sie wollte zuerst nicht, aber er hat darauf bestanden, damals, der Zehnjährige, und da schrieb sie in zittriger Spitzenschrift ihren Namen, Marie Senn, und ihren Jahrgang, 1857.

Auf einmal innehalten und nachdenken, was das heißt, 1857, und hinuntergehen und die Agenda seinem jüngeren Sohn zeigen, der 1974 geboren ist, und ihn fragen, ob er sich vorstellen könne, daß sein Vater einen Menschen gekannt hat, eine Frau, die 1857 zur Welt gekommen ist, die also als Vierzehnjährige vom deutsch-französischen Krieg 1870/71 gehört haben muß und von der

Entwaffnung der Bourbaki-Armee an der Schweizer Grenze, und zehn Jahre später vom Bergsturz von Elm.

Über die Verblüffung des Sohnes Befriedigung empfinden, dann wieder in den Archivraum gehen und die Zeichnungshefte finden, die der Aufräumende als Fünf-, Sechs-, Sieben-, Achtjähriger in großer Zahl füllte, mit Zeichnungen von Häusern, Blumen, Sonnen, Wolken, Schmetterlingen, zusammenprallenden Zügen und abstürzenden Bergsteigern, und immer wieder Dinge in die Hand nehmen, ohne zu wissen, sollen sie weggeworfen oder behalten werden, und wenn behalten, wo ist denn ihr Ort, das ist doch die Frage beim Aufräumen.

Hat ein Metronom einen Ort? Wenn es nie zum Üben gebraucht wird, ist dann sein Ort die Kehrichtverbrennungsanstalt, oder ist er bei jemandem, der Musik macht, aber wer ernsthaft Musik macht, hat wohl schon eines; es gälte also einen Raum einzurichten mit lauter Gegenständen, die vielleicht noch jemand brauchen könnte, der vergoldete Gipsrahmen zum Beispiel, an dem verschiedene Stuckverzierungen abgeschlagen sind, ist er noch imstande, ein Leuchten auf dem Gesicht von irgendjemand hervorzurufen, wenn er ihn geschenkt kriegen soll, oder ist er bloß noch eine Geschenkdrohung? Der Aufräumende aber weiß schon jetzt, daß der Moment, in welchem er

mit diesem vergoldeten Rahmen vor einer der
tiefen Mulden der Kehrichtverbrennungsanstalt
stehen wird, der Moment also, in dem er zum
Schwung anhebt, um den vergoldeten Gipsrahmen in die Tiefe zu schleudern, wo Baggergreifer
ganze Polstergruppen packen und zerfetzen und
wo aus Hunderten von zerplatzten Abfallsäcken
unheilvolle Säuredüfte und ätzende Räuchlein
steigen, daß dieser Moment ihn schmerzen wird
und daß er sich noch einmal umschauen wird, ob
nicht ein bärtiger Kunstmaler keuchend daherge-
rannt kommt, um ihm in den Arm zu fallen,
bevor er eine solche Kostbarkeit in das Fegefeuer
der Zivilisation schmeißt, aber schon trägt sein
Freund die Kostbarkeit hinunter in den Keller,
den Warteraum zum Abtransport, die Todeszelle
aller Gegenstände, deren Nutzlosigkeit jetzt ent-
larvt wurde, der alte Gasherd, die Autosessel,
Schaumstoffsitzlein für Kinder mit zerrissenen
Überzügen, Vorhangstangen, die zu keinem Fenster passen, verbogene Koffer mit ausgerenkten
Deckeln.

Den Büroraum, der umgebaut werden soll,
langsam leeren. Ordner aus Regalen nehmen und
in Kisten einfüllen, die Kisten auf den soeben
freigemachten Archivraumboden stellen und so-
mit den leeren Platz sofort wieder besetzen, mit
dem Freund Gestelle mühsam kippen und, ver-
schiedenste Arten von Schrägstellungen durch-

probierend, endlich qualvoll durch schlecht an-
geordnete Türöffnungen tragen, die Platte eines
Schreibtisches lösen, in den Korpus kriechend
wie ein Automechaniker, oder ein Schreibtisch-
mechaniker, einen kaum je gebrauchten Sechs-
kantschlüssel mit einem gewissen Stolz anwen-
den, die Platte ebenfalls zu zweit in den frisch
gewonnenen Raum schleppen, dort Ersatzsaiten
für längst nicht mehr gespielte Instrumente finden und sich fragen, in wieviel Jahren wohl Sai-
ten für diatonische Harfen ihre Spannung und
damit ihren Sinn und Wert verlieren, und im
Hinuntergehen vom Estrich jedesmal ein paar
Klebebandreste von den Wänden klauben, die
einst irgendwelchen kindlichen Gebietsmarkie-
rungen dienten, und immer mehr das ganze Haus
als eine einzige Unordnung sehen, als hätte es ein
böser Gott durcheinandergerüttelt, um den zweiten Hauptsatz der Thermodynamik zu beweisen,
diesen Satz, der besagt, daß die Unordnung im
Weltganzen zunimmt, und nun müßte alles an
seinen Platz zurückgestellt werden, denn alles
hätte einmal seinen Platz gehabt, früher, aber
jetzt dieser Verdrängungskampf, diese Territori-
alkriege um leere Ländereien, und immer weniger wissen, wessen Partei man ergreifen soll, die
Partei der Bergschuhe oder der Wechselrahmen,
die Partei der Luftbefeuchter oder der Bankbe-
lege, und am Ende des Tages keinen Gang mehr

machen können, ohne sofort einen Gegenstand in die Hände zu nehmen und von einem Platz zum andern zu bringen, und nach dem Nachtessen in einem italienischen Restaurant mitten auf dem großen Marktplatz zwei umgestürzte Schachfiguren sehen und nicht anders können, einfach nicht anders können, als sie auflesen und an den Rand des Platzes zu den anderen Figuren tragen, dort, wo sie hingehören.

Herbstwärts

Die Bäume sind so gelb, als sei das Engadin hier in den Ferien.

Ein Collie rennt bellend neben dem Zug her, so schnell er kann.

Ein Bauer mäht mit seinem »Rapid« das letzte Gras. Es ist so niedrig, daß ich mich frage, ob sich's noch lohnt.

Eine Krähe hüpft auf ein Kompostgitter und pickt nach Eßbarem.

Zögernd erhebt sich ein Raubvogel von einem Bahndammpfosten und hebt zu einer trägen Runde über den Acker an.

Wo nisten wohl die Vögel, denke ich beim Anblick all der Niederstammkulturen.

Von Zeit zu Zeit durchschreitet eine blondgelockte Zugbegleiterin den Erstklaßwagen, in dem außer mir niemand sitzt, und ruft seltene Ortsnamen aus: »Güttingen! Bottighofen! Mannenbach-Salenstein!«

Bei Mammern liegt ein rotes Auto in der Wiese neben der Hauptstraße auf dem Dach. Ein Polizeiwagen steht auf einem einmündenden Feldweg, davor ein Uniformierter mit Notizblock, umgeben von ratlosen Leuten.

Wenig später betritt ein junger Mann hastig

mein Abteil und fragt mich, wie lang es bis Schaffhausen gehe. Er wirkt leicht verstört, und ich habe das Gefühl, er gehöre auf irgendeine Art zu diesem Unfall, bei dem eine schnelle Fahrt ihr Ende gefunden hat. Natürlich kann ich ihm seine Frage beantworten. »Eine schwache halbe Stunde«, sage ich.

Der Bodensee hat sich inzwischen in den Rhein verwandelt.

Die Stationsbeamten vor ihren Bahnhöfen wirken alle etwas enttäuscht.

In Schlattingen steigen ein Punk und ein Fremdarbeiter ein.

Niemand holt sie ab, als sie in Schaffhausen zur vorgesehenen Zeit wieder aussteigen.

Mord in Saarbrücken

Heute habe ich einen Nachmittag getötet.

Mit einem Film habe ich ihn umgebracht, einem Agentenfilm, in dem böse Menschen andere, gute Menschen, achtlos abgeknallt haben, und manchmal haben auch gute Menschen böse Menschen abgeknallt, aber nur, wenn es sein mußte, und immer zur Musik von Morricone.

Auf der Rückfahrt im Bus zum Hotel saß vor mir ein kurzgeschorener Jugendlicher, der sein Gehör vorsätzlich mit einem Walkman mißhandelte.

Als ich dann im Hotel ankam, um mich hinzulegen, war der Nachmittag tot und wurde nicht wieder lebendig.

Vielleicht hätte er einen Flußuferspaziergang für mich bereit gehabt, oder ein Gedichtbuch, oder ein Gespräch mit einem unbekannten Menschen, einem Engel womöglich.

Es ist kein gutes Gefühl, ein Nachmittagsmörder zu sein.

Wieder einmal in Wien

Die Häuser sehen alle aus, als ob sie sich für einen Opernbesuch feingemacht hätten.

Die Pestsäule ist eine Sahnetorte aus Engeln, man muß lange suchen, bis man zuunterst die ausgezehrte Frau findet, die das Opfer darstellt. In Indien starben in den letzten Tagen 150 Menschen an der Pest, in jeder Zeitung sind Fotos von verzweifelten Menschen mit Schutzmasken zu sehen. Zwischen Estland und Stockholm ist eine Fähre innerhalb von 5 Minuten gesunken, vielleicht sind über 1000 Menschen ertrunken.

Im Caféhaus gibt es eine Kartenspielecke, wo an den Nachmittagen lauter alte Damen an grünen Tischchen sitzen und ernst, aber zutiefst vergnügt Bridge spielen. Am Nebentisch spielt auch ein Herr Doktor mit. Wien scheint mir die Stadt des Müßiggangs.

Müßig gehen wir am Hofkammerarchiv vorbei, mein Vater und ich, müßig und zufällig, und als ich lese, daß hier Grillparzer als Direktor gewirkt hat und daß man sein Arbeitszimmer besichtigen könne, wenn man durch die Kutschertüre eintrete und im Hof an der rechten Türe klingle und sich anmelde, will ich das unbedingt.

Wir treten in ein Bühnenbild ein. Schwere Regale, die bis zur Decke reichen, mit noch schwereren Büchern beladen, die jedes Maß sprengen, mit Faszikeln auch, also zwischen Deckeln zusammengeschnürten Papieren, die wohl Kaufverträge, Bescheinigungen, Servitute sind, vielleicht auch längst erloschene Privilegien, und zwischen den Regalwänden Querregale, die wie venezianische Brücken von einer Vergessenheit in die andere führen. Was in all diesen Büchern stehe, frage ich den Archivar. Zum Beispiel die Gehälter der kaiserlich-königlichen Angestellten, sagt dieser, zieht aus einem Regal eine Scharteke heraus, auf der die Jahreszahl 1791 steht, legt sie auf einen Tisch, blättert ein bißchen darin und hat dann die Seite gefunden, auf der mit gestochen feiner Schrift eingetragen ist: Mozart, Wolfgang Amadeus, Hof-Compositeur, 760 Gulden. Und weiter oben ist auch Salieri verzeichnet, Capellmeister, und sein Jahresgehalt, 1140 Gulden. Als der Archivar das Buch sorgfältig wieder zurückstellt, glaube ich auf einmal, daß Mozart tatsächlich gelebt hat.

Bei Grillparzer bin ich weniger sicher, sein Direktorialraum, in dem neben den Regalen noch etwas Platz für einen kunstvollen Schreibtisch gelassen wurde, ist mir nicht Beweis genug. Ein Vers von ihm kommt mir in den Sinn:

Mein Kummer ist mein Eigentum,
Den geb ich nicht heraus.

Er könnte ihn in diesem trostlosen Zimmer geschrieben haben, als er an einem Montagmorgen
auf all die Bücher starrte und an die kommende
Woche dachte.

Später gehen wir an der Kapuzinergruft vorbei,
ohne einzutreten, ich weiß noch nicht, daß sie
das Schlußbild von Joseph Roth's gleichnamigem
Roman darstellt, den ich jeweils vor dem Ein-
schlafen lese. In seinen Büchern kommen Wörter
vor wie instradieren oder agnoszieren, womit
»nicht kennen wollen« gemeint ist, oder, besonders unheimlich, weil es so nebensächlich klingt,
Ergänzungsbezirkskommando. Von dort wurden die Wehrpflichtigen im Ersten Weltkrieg direkt an die Front geschickt.

Die Sprache verwundert mich immer wieder
aufs neue. Trafikant ist ein ehrenwerter Beruf,
das Gegenteil von verhaften ist nicht freilassen,
sondern enthaften, und was sind schon wieder
Karniesen? Sieh mal, Abverkauf, nicht Ausverkauf, sage ich zu meinem Vater, und würde ein
Österreicher mit seinem Vater durch Berns Straßen gehen, würde er vielleicht zu ihm sagen, sieh
mal, Ausverkauf, nicht Abverkauf.

Wo man hinschaut, sind Wahlen. Sie finden im
Fernsehen statt und auf den Plakatwänden. Man
ist ganz überrascht, wenn man auf einer Ein-

kaufsstraße unvermutet eine Tribüne mit wirklichen Kandidaten sieht. Für die FPOe werben junge Menschen mit blauen Mützen, auf denen »Jörg« steht. Als dessen Vorgruppe treten lokale Kandidaten und eine Kandidatin auf, die am Schluß alle einen Schnaps angeboten kriegen. Die Frau nippt mit zusammengekniffenen Lippen daran, bevor sie das kleine Glas auf den Lautsprecher stellt, während die Männer keine Miene verziehen, als sie ihn hinunterschlucken.

Jetzt erscheint Jörg Haider vor der wartenden Menge, und über einem Nebelmeer von Unzufriedenheit geht die Sonne auf. Er trägt dieselbe hellbraune Weste wie auf den Plakaten, wahrscheinlich hat er sich gleich ein Dutzend davon gekauft. Mit großem Erfolg zählt er haarsträubende Beispiele von Vetternwirtschaft und Staatsprivilegien auf. Ich habe das Gefühl, die meisten seien wahr. Trotzdem würde ich ihn nicht wählen.

Wer im Hundertwasserhaus wohnt, hat den ganzen Tag Besuch. Wenn einmal eine ganze Stadt so aussieht, werden die Stadtbesichtigungsbusse wieder vor dem letzten ganz normalen Wohnblock anhalten, und die Touristen werden Fotos von den regelmäßigen Fensterfronten machen und Postkarten davon kaufen und sich erkundigen, wo es weitere von diesen interessanten Bauten zu sehen gebe.

In einem Film zweier österreichischer Komiker stirbt der eine zuletzt an Hodenkrebs, und man verläßt das Kino etwas geknickt.

Als ich bei meiner Abreise am frühen Morgen aus dem Hotel trete, steht auf dem Parkplatz ein Bus aus Sarajewo, als ob nichts wäre.

Unterwegs

Es regnet.

Vor dem Eisenbahnfenster wird Dänemark durchgezogen. Der Bühnenbildner hat sich für Bäume, Büsche, Äcker und Wiesen entschieden. Auf zusammenhängende Wälder hat er verzichtet. Dafür hat er an Nebelkrähen gedacht, und dort – ist das nicht ein Fasan?

Ab und zu läßt er ein paar schwarzweiße Kühe auftreten, die zu einem Bauernhof im Hintergrund gehören. Die Höfe hat er mit einem Siloturm kenntlich gemacht.

Auch an Seen ist kein Mangel; des trüben Wetters wegen ist man oft im Ungewissen, ob es sich vielleicht um eine Meeresbucht handelt. Die Windknechte stehen gern in der Nähe des Meeres, es sind hohe Masten mit dreiflügligen Propellern, die den Wind einfangen und in die Steckdosen jagen. Manchmal stehen sie in ganzen Reihen da. Wenn ich der Wind wäre, würde ich versuchen, ihnen auszuweichen.

Aber ich bin nicht der Wind. Ich bin nur ein Bahnreisender, der sich wundert, wie unglaublich schmal und langgestreckt die dänische Flagge ist, die über so vielen Häusern flattert.

Daheim

Daheim bin ich, wenn ich in die richtige Höhe greife, um auf den Lichtschalter zu drücken.

Daheim bin ich, wenn meine Füße die Anzahl der Treppenstufen von selbst kennen.

Daheim bin ich, wenn ich mich über den Hund der Nachbarn ärgere, der bellt, wenn ich meinen eigenen Garten betrete.

Würde er nicht bellen, würde mir etwas fehlen.

Würden meine Füße die Treppenstufen nicht kennen, würde ich stürzen.

Würde meine Hand den Schalter nicht finden, wäre es dunkel.

Elsi oder Rosa – ein Dichterleben

Heute habe ich an der hochdeutschen Version meines neuen Bühnenprogramms »Drachenjagd« gearbeitet, das ich zur Zeit im »Theater am Hechtplatz« spiele und das zu etwa drei Viertel ein Dialektstück ist.

Als ich um 10 Uhr erwachte, war ich geblendet vom Frühlingswetter draußen, stellte fest, daß das Thermometer über 20 Grad an der Sonne zeigte, und fand, heute sei der erste Tag für meinen Solarkocher, der im Keller unten überwinterte. Ich holte ihn, noch im Pyjama, herauf und stellte ihn auf den Balkon, damit er schon die ersten Sonnenstrahlen in seine Wärmefalle locken konnte. Dann bereitete ich einen Kartoffel/Gemüsegratin vor, das heißt, ich erhitzte die Zutaten kurz im Dampfkochtopf.

Danach stieg ich die Treppe hoch in mein Arbeitszimmer und setzte mich, zu spät, wie ich konstatierte, viel zu spät sogar, an die Schreibmaschine, um meinen Stadtrandspaziergänger von Schwamendingen nach Mainz zu transportieren, was ein ständiger Kampf mit Verlusten ist, mit Sprachverlusten, die auch Stimmungsverluste sind.

Schaffet dir im Abfall äne? – Arbeiten Sie im

Müll drüben? I ha nume gmeint, wäge der Aa-leggi. – Wie soll man das auf deutsch sagen? Ich entschied mich für: So, wie Sie angezogen sind. – Es fehlt mir ein deutscher Dialekt, den habe ich nicht zu bieten, er wäre auf jeden Fall unecht, also muß ich meine alemannische Farbe behalten, ohne ins billige Allemand fédéral zu verfallen. Ich glaube, das ist für viele von uns ein Problem beim Verfassen von Theaterstücken, daß wir nicht über eine wirkliche deutsche Alltagssprache verfügen; deshalb werden unsere Stücke entweder hochlite-rarisch und spielen in einem staubfreien Raum, oder wir schreiben auf schweizerdeutsch, und dann bleiben wir in Schwamendingen.

Ich will aber mit meinem Spaziergänger nach Mainz, und schon pflanzt sich das nächste Hin-dernis vor mir auf, groß und bedrohlich, s Elsi, das ist die Frau des Spaziergängers, die er mehr-mals erwähnt, meistens gömer z zwöit, s Elsi und i . . . das Elsi also? Meistens gehen wir zu zweit, das Elsi und ich – das kommt nicht mehr durch meine alemannische Endprüfung, es klingt zu wenig selbstverständlich, und ich frage mein Ge-dächtnis zuerst nach deutschen Neutrumformen für Frauen ab, komme nur auf das Käthchen von Heilbronn oder das deutsche Lieschen, denen jede umgangssprachliche Wärme abgeht, also wieso nicht die Elsi, oder die Elsa, oder Elsa ohne Artikel, ich bin mit allen unzufrieden und frage kurz meine Frau, da sie in ihrem Arbeitszimmer hinter einer Übersetzung aus dem Englischen sitzt, aber sie hat keine rechte Lust, sich über deutsche Frauennamen Gedanken zu machen, was ich auch begreife, und in dem Moment fällt mir ein, daß jetzt wohl der Dampfkochtopf abgekühlt sein muß, ich gehe hinunter, schäle und scheible (auch kein deutsches Wort) das Gemüse und die Kartoffeln und lege sie in die schwarze Pfanne, die ich nachher in den Solarkocher hinausstelle, der mich bereits mit stolzen 100 Grad erwartet, und dann gehe ich hinauf und entscheide mich für Rosa, die an meiner Seite spazieren soll und die ich dann später mindestens in einer Diminutivanrede verschweizern kann, schau, Rösli, dort kommen schon die Schallschutzwände, jetzt ist es nicht mehr weit...

Es ist erstaunlich, was Schweizerdeutsch für eine schöne und saftige Sprache ist. S Elsi seit, de Geißli gruusis, wenn s Brot nach Coci schmöcki... Wenn ich das verwandelt habe in: Die Rosa sagt, es ekle die Geißlein, wenn das Brot nach Cola rieche..., dann ist mir, als hätte ich mich statt für einen selbergemachten Solargratin für eine Beutelsuppe entschieden. Trotzdem, die »Drachenjagd« ist in Mainz angekündigt, es gibt kein Zurück mehr, vielleicht kann ich den Beutelsuppenspaziergänger mit dem hölzernen Charme seiner Diktion retten.

Viel zu früh wird es halb eins, Essenszeit, ich bin jemand, der am Morgen besser arbeitet als am Nachmittag, stehe, wenn ich abends keine Vorstellung habe, gern zwischen 7 und 8 Uhr auf, aber wenn der Morgen so kurz ist wie jetzt und ich im Rückstand bin mit der Arbeit, bleibt mir nichts anderes, als mich am Nachmittag nochmals hinzuhocken, obwohl das Wetter so märzenhaft lockend ist, daß ich als Dichter sofort durch die Wälder und Felder streifen müßte, oder mindestens der Glatt entlang, oder, wie jeder deutsche Lektor sofort einwenden würde, an der Glatt entlang, zwischen der Trafostation und den Türmen des Fernheizwerks auf den Kamin der Müllverbrennungsanstalt zuhaltend (dir müejt eifach gäg s Chemi zuehebe...), aber da ich ein kultureller Schwerarbeiter bin, mache ich den Spaziergang eben auf dem Papier, jetzt endgültig mit Rosa zusammen, an die ich mich schon zu gewöhnen beginne.

Und so verläppert sich der Tag, zum Coiffeur muß ich noch, und die neuen Hosen hab ich vergessen abzuholen, die man mir 2,5 cm länger gemacht hat, einen Check hab ich eingelöst von meinem Filmproduzenten, solche Checks kann man nicht rasch genug einlösen, zwei Hundewürste hab ich gekauft, weil ich immer, wenn ich von der Bank komme, etwas kaufe mit dem Geld, und zwei Linzertörtlein und zwei Citrontörtlein, und meine Frau, die im Gegensatz zu mir mit einer Freundin spazierengegangen ist, kommt mit Frühling und Sonne im Gesicht zurück und macht mir – und das ist jetzt das donnernde Dichterleben – eine heiße Schokolade, zu der ich meine Filmproduzentenchecktörtlein auftische.

Dann bringe ich den germanisierten Stadtrandspaziergänger endgültig zu Papier und muß ins Theater, zum Hauptteil des Tages, darf ins Theater, will ins Theater, und denke, wie schön es ist, wenn man seine Texte genau so sprechen kann, wie man sie ursprünglich geschrieben hat, aber trotzdem tüftle ich gern an solchen Problemen herum, Probleme, die eigentlich den Namen gar nicht verdienen, angesichts der wirklichen Probleme unserer Zeit, aber könnte ich mich nicht mit meinem ganzen Ernst diesen nichtigen Problemen widmen, dann wüßte ich gar nicht mehr, was ich von Beruf bin und was ich überhaupt machen soll, und für die wirklichen Probleme hätte ich dann auch keinen Mumm mehr.

Und s Elsi hofft immer, es gsech emol der Sepp Trütsch...

Festival

Der Ort sei zu klein, um alle Teilnehmenden angemessen unterzubringen, sagt der Veranstalter schon am Bahnhof.

Vor die Wahl einer Pension im Ort und eines besseren Hotels außerhalb des Ortes gestellt, entscheide ich mich für die Pension im Ort, damit ich von Transporten unabhängig bin.

Im Badezimmer hängt der Spiegel so tief, daß ich mir die Brusthaare rasieren müßte. Als ich einen Stuhl hineinhole und mich vor den Spiegel setze, sehe ich nur noch meine Glatze. Es braucht seelische Größe, hier zwei Tage zu wohnen.

Aber ich bin zum Festival gekommen, wie andere auch. Ein Journalist organisiert es, zusammen mit einem Ösenfabrikanten. Kummer ist auf ihren Gesichtern, weil der Saal im »Volksheim« am ersten Abend nicht voll ist. Der alte Star, der ihn eröffnet, ist nicht der Publikumsmagnet, als den man ihn eingesetzt hat, er erzählt vor allem Bühnenanekdoten und er ist so dick, daß er sich kaum mehr bücken kann. Nachher sitzt er im behelfsmäßigen Restaurationsteil und trinkt, wie man sich später zuflüstert, 25 Bier und ißt 30 Sandwiches. Niemand spricht mit ihm. Er schaut sich die andern nicht an und läßt sich vom Chauffeur wieder heimfahren.

Eine Frau spielt ein Programm, in dem sie aus dem Fenster springen will, ein jüngerer Kollege spielt eine irre Abfolge von Szenen und Monologen.

Am anderen Morgen übe ich in der dünnwandigen Pension auf dem Cello, bis eine alte Frau energisch an die Tür klopft und mich bittet, a Ruah zu geben, damit auch sie a Ruah haben kann.

Es regnet. Trotzdem gehe ich spazieren, steige am Sessellift des Luftkurorts entlang in die Höhe. Der Lift läuft nur bei schönem Wetter. Die Wolken liegen auf den Bergen wie Bodenlappen für die Samstagsreinigung. Um 12 Uhr dröhnt überraschend eine Sirene über dem Ort. Welcher Krieg ist ausgebrochen? Wo entweichen giftige Gase? Nichts. Probealarm, höre ich später, jeden Samstag im ganzen Land. Gebe Gott, daß die Katastrophe nicht an einem Samstagmittag hereinbricht, kein Mensch würde sich rühren.

Am Nachmittag geht der Bub des Pensionswirts ins Kindermusical, er ist schon eine Stunde vorher schön angezogen.

Am Abend ist der Saal voll, der Kummer auf den Veranstaltergesichtern ist verschwunden und taucht erst wieder auf, als der junge Kollege viel zu lang spielt.

Dann komme ich, ich bin der ausländische Gast, und es geht gut, und dann kommt ein jüngerer Kollege, der aber schon der Star der Szene ist, und es geht auch gut.

Als zuletzt derselbe Rockmusiker auf österreichisch singt, der schon im Kindermusical gesungen hat, ist plötzlich die Stimmung da, und als er aufhören will, ruft die ganze Sehnsucht des Ortes nach Zugaben und hofft, daß es nicht mehr aufhört, und als er sein Lied von den Schwingen des Ikarus singt, schwebt die Verheißung noch eine Weile im Saal des Volksheims des dünnwandigen Luftkurorts, und die Festivalkünstler werden morgen alle wieder in ihre Autos und Züge steigen und in die großen Städte fahren und die Leute hier zurücklassen, mit den Bodenlappen auf den Bergen und den allwöchentlichen Samstagssirenen.

Die Wand

Wenn ich vom Pult des Zimmers 580 der University of Tasmania aufblicke und aus dem Fenster schaue, sehe ich fast nichts anderes als die Wand des gegenüberliegenden Gebäudes, oder des gegenüberstehenden, denn das Gebäude liegt ja nicht, und die Wand schon gar nicht, im Gegenteil, sie steht da, als gäbe es außer ihr nichts anderes auf der Welt.

Sie zeigt nur ihre Verkleidung, nämlich ein senkrecht gestreiftes plattes Unding, das unten links abgeschrägt ist und dort noch ein Stück einer Glasfront und der Mauer sehen läßt, welche aus grauen Backsteinen besteht.

Es gibt aber noch etwas anderes auf der Welt, denn in meiner rechten Fensterecke bewegen sich die Blätter einer Pappel, die vom Wind hin- und hergewiegt werden, der Wand zum Trotz; und der Wind, dieser große Spieler, tändelt auch mit dem Vorhang hinter dem offenen Spalt meines Schiebefensters, dem Vorhang, der sich leise bewegt wie jemand, der von ferne eine Musik hört, und ich höre sie, der Vorhang hört sie, die Pappel hört sie, nur die Wand steht dumpf und klotzig da – aber wenn ich sehe, daß sich die tanzenden Blätter im kleinen Stück ihrer Glasfront spiegeln, denke ich plötzlich, vielleicht träume auch sie vom Wind, und ihre Sehnsucht, von ihm bewegt zu werden, sei nahezu unstillbar.

Jemand ist gestorben

An zwei Abenden habe ich im Quartier Juan XXIII in Cochabamba Geschichten erzählt und habe mir von den Zuhörerinnen und Zuhörern Geschichten erzählen lassen.

Vor allem habe ich meine Geschichten erzählt, die auf spanisch übersetzt worden sind, aber ich habe auch Geschichten von anderen erzählt, die ich selbst übersetzt habe, zum Beispiel, weil hier viele ehemalige Minenarbeiter wohnen, Johann Peter Hebels »Unverhofftes Wiedersehen«. Auch das Grimm'sche Volksmärchen vom eigensinnigen Kinde, das starb, weil es nie gehorchte, und dessen Ärmchen nach seinem Tod zum Grab herausschaute, und zwar so lange, bis die Mutter aufs Grab ging und es mit einer Rute schlug, auch das habe ich übersetzt und erzählt. Vor der Stelle mit der Rute brach ich ab und fragte die Leute, wie sie dieses Problem lösen würden. Abhauen, den Arm, sagte jemand, Blumen in die Hand geben, sagte jemand anderes, oder die Mutter muß ihm eben verzeihen, ein dritter.

Eine junge Frau aber meldete sich und sagte, nachdem ich den Originalschluß vorgelesen hatte, sie kenne diese Geschichte auch, und zwar mit einem Fuß, der zum Grab herausgekommen sei. Diesen Fuß habe man auspeitschen müssen, dann erst sei er verschwunden. Als ich sie fragte, wer ihr diese Geschichte erzählt habe, sagte sie, ihre Mutter.

Und nun, eine Woche später, ist die Mutter dieser jungen Frau überraschend gestorben, als sie in der Hauptstadt La Paz war, das Herz hat versagt, das komme in der Höhe öfters vor, sagt man mir.

In der Casa comunal, dem Gemeinschaftsraum des Viertels, ist sie aufgebahrt für den velorio, die Totenwache. Eben noch fand hier, vor drei Tagen, ein fröhliches Fest statt, an dem ich auch Geschichten erzählt habe und bei dem drei Musikgruppen mit lauter jungen Leuten, die hier wohnen, bolivianische Musik gespielt haben, und nach Mitternacht, als der Tanz zu Ende war, hat die letzte Gruppe, die sich »Penumbra« nennt, noch lange auf der Straße weitergespielt.

Und da sitzen sie alle wieder, das ganze Quartier ist da, die Frauen und Männer, die ich von den Geschichtenabenden und vom Fest kenne, und die Musiker der Folkloregruppen, auf den Bänken den Wänden entlang, Kinder laufen herum, und sogar der Hund, der am Fest war, liegt wieder da. In der Mitte steht der schwarzglänzende Sarg, geschlossen, eingerahmt von großen Kerzenständern, deren Säulen violett leuchten, und auf deren Säulenspitzen rote Lampen brennen, welche die Form von Flammen haben. Auch das Kreuz zu Häupten des Sarges schimmert, dazu ertönt Musik ab Kassette, »Ave Maria« ist zu erkennen, und »Jesu, meine Freude«. Am Fußende des Sarges brennen Kerzen, welche die Trauergäste mitgebracht haben. Ist eine am Niederbrennen, steht eine Frau aus der Trauerfamilie auf, bläst sie aus und wirft sie in eine große Kartonschachtel, auf der »Belle Hollandaise« steht. Von Zeit zu Zeit gehen junge Leute herum und bieten auf Tabletts Tee mit Cognac an, oder Zigaretten und auch Cocablätter mit Lejía, gepreßter Asche, zum Kauen, dazu aus Zeitungen gemachte Papiertüten, in die man die Reste der gekauten Blätter speien kann. Wer zur Totenwache kommt, bringt etwas mit, Cocablätter oder Zigaretten oder Kerzen.

Es ist schön, auf diese Art Abschied zu nehmen von einem Menschen. Es ist leichter, mit den andern zusammen hierherzukommen und bei der Toten zu sitzen, als einen Beileidsbrief mit schwarzem Trauerrand zu schreiben. Neben mir erzählt eine Frau mit leiser Stimme eine Geschichte von der Verstorbenen. Ich habe sie nicht gekannt, ich kenne nur ihre Tochter, und das einzige, was ich von der Toten weiß, ist, daß sie ihrer Tochter die Geschichte vom Grab erzählt hat, aus dem ein Fuß herausschaute.

Janine, bei der ich wohne, sitzt eine Weile mit

mir zusammen da, dann gehen wir zur jungen Frau, die weint, als wir sie umarmen. »Me duele mucho«, sage ich ihr, es tut mir sehr leid. »Gracias por haber venido« sagt sie, danke, daß ihr gekommen seid. Dann drücke ich allen andern Familienmitgliedern, die ich nicht kenne, die Hand und gehe mit Janine unter einem funkelnden Sternenhimmel durch das dunkle Quartier nach Hause.

Andere bleiben die ganze Nacht.

Viele Herzen

In ein paar Tagen fliege ich nach Paraguay. Ich weiß nicht, was mich dort alles erwartet, aber eines erwartet mich bestimmt: eine Sprache. Diese Sprache ist das Spanische, und jedesmal, wenn ich in ein Gebiet fahre, wo sie gesprochen wird, muß ich sie wieder aufs neue lernen. Was heißt schon wieder aguantar, arramar, asomar, arrastrar? Immer meine ich, ich könne eine Erzählung ohne Dictionnaire lesen, und immer wieder drückt mich schon die Last des Buchstabens a zu Boden. Sich nach zehn Tagen Aufenthalt, in denen man seine Sprache gehätschelt, gebürstet und poliert hat, in Santiago de Chile in ein Taxi setzen und lässig zusammen mit dem Fahrziel einen kleinen Satz fallen lassen, über das Wetter oder den Verkehr, und dann kein Wort verstehen von der Suada des Taxichauffeurs, kein Wort, das ist eine Demütigung durch eine stolze Sprache, die ich immer wieder erlebe.

Der erste, der meine Begeisterung für diese Sprache geweckt hat, war mein Spanischlehrer an der Kantonsschule in Aarau, ein Linguist durch und durch, einer, für den das Aufdecken einer Etymologie einer Liebeserklärung an ein Wort gleichkam. Die Entwicklung vom Lateinischen zum Spanischen schilderte er mit der Genauigkeit physikalischer Gesetze; von ihm, dessen Dissertation über die Mundart des Calancatales ich noch heute besitze, habe ich gelernt, daß Sprache auch eine Wissenschaft ist und daß man sie trotzdem lieben kann. Wer eine Sprache liebt, muß eigentlich auch die Menschen lieben, die sie sprechen. Ich glaube, wenn mehr von uns Arabisch sprechen würden, hätten wir ein anderes Verhältnis zur arabischen Welt.

Soviele Sprachen man spricht, soviele Herzen hat man, hat Herder gesagt, und ich, mit 21, wollte plötzlich vielherzig werden, und wollte, nachdem mich weder die Apostel der Geschichte noch diejenigen der Philosophie zu überzeugen vermocht hatten, plötzlich im ersten Nebenfach allgemeine Romanistik studieren. Ich erinnere mich an eine gewisse Verwunderung der Lehrkräfte, die ich darauf ansprach, aber man war diesem Wunsch dennoch wohlgesonnen, ohne daß ich mich in seiner Realisierung bewähren mußte, denn bereits im nächsten Semester, meinem fünften, verließ ich die Universität, um nie mehr zurückzukommen.

Was ich im Wintersemester meines Nebenfachentschlusses gelernt habe, weiß ich kaum mehr, da ich einmal alle meine Unterlagen zum Studium in einem Akt des Stolzes weggeworfen habe. Aber am meisten beeindruckt hat mich immer der Gang von Wörtern durch Räume und Zeiten. Miles, der römische Soldat, ist auf unendlich langen Märschen bis nach Pannonien gekommen, wo es so unwirtlich war, daß er den feuchten Wäldern, in denen er mit seinen Legionärssandalen im matschigen Boden dauernd einsank, den Namen palus anhängte, Sumpf, und heute heißt Wald auf Rumänisch padura, also eigentlich Sumpf, und die einheimischen Männer müssen beim Anblick der fremden Kohorten die Flucht ergriffen haben und verschwunden sein, in den sumpfigen Wäldern, denn der einzige Mann, der in der Sprache überlebte, war der Soldat, deshalb heißt ein rumänischer Mann heute noch mire, und daran denke ich sogar noch, wenn ich die rumänischen Fußball-Legionäre bei den Weltmeisterschaften so tapfer kämpfen sehe.

Und einer, den ich im Romanistikstudium kennenlernte, nannte sich Federico, und wir haben zusammen fast ausschließlich auf spanisch verkehrt, er trug oft einen dramatischen schwarzen Mantel und einen noch dramatischeren schwarzen Hut, in welchen er wie eine Mischung aus einem Grande und einem Torero einherschritt, und ich habe gern gescherzt mit ihm, meistens eben auf spanisch, und dann habe ich ihn aus den Augen verloren, und später habe ich sein Buch gelesen, »Mars«, als er schon tot war, gestorben an Krebs, und habe erst dann gemerkt, daß er ein einsamer Soldat in einem feindlichen Sumpf war, der verzweifelt versuchte, den Schlag wenigstens eines Herzens zu spüren.

Zeitunglesen in Paraguay

Heute habe ich, in einem Café in Asunción sitzend, eine Tageszeitung gelesen und dazu einen großen Milchkaffee getrunken.

Die ersten Seiten sind mit ziemlich langen Artikeln über Verhandlungen des Präsidenten Wasmosy mit der Opposition gefüllt, die ich nicht eingehend lesen mag. Aber vom Thema der Verhandlungen habe ich schon vorher gehört, es ist die Stellung der Justiz, welche in diesem Land zu mächtig ist. Der oberste Gerichtshof, dessen Mitglieder von der Regierung ernannt werden, kann jederzeit ein Gesetz, das vom Parlament beschlossen wird, als ungültig erklären, was offenbar laufend passiert und einen wirklichen Fortschritt verhindert. Auf diese Art muß auch jede Gesetzesreform über die Justiz selbst scheitern, da sie von eben dieser Justiz abgesegnet werden müßte. Die Opposition hat für übermorgen zu einer großen Demonstration vor dem Justizpalast aufgerufen.

Eine kleine Demonstration findet täglich vor dem Parlamentsgebäude statt. Bauern ohne Land machen in einem Zelt einen Hungerstreik. Auf einem Transparent verlangen sie von einem Abgeordneten, der Großgrundbesitzer ist, 3500 Hektaren Land von seinen 70 000, die er offenbar

besitzt. Er will auf diesem Gelände eine Zucker-
fabrik erstellen und deshalb die bis anhin gedul-
deten Campesinos vertreiben. Diese Woche soll
das Parlament darüber entscheiden, die Kommiss-
ionsmehrheit sei gegen die Enteignung, steht in
der Zeitung. Als ich heute am Parlamentsgebäude vorbeikam, habe ich mit den hungerstrei-
kenden Bauern gesprochen. Nein, von der Polizei würden sie nicht belästigt, sagten sie. Aber in
ihren Gesichtern konnte ich keine Hoffnung erkennen.

An der »Expo 94«, einer großen agroindu-
striellen Ausstellung, die zur Zeit stattfindet, ist
ein Starzuchtstier mit dem Namen »Gran Cam-
peón Hereford« nach dreitägigem Siechtum an
einer Krankheit gestorben, die durch einen Zek-
kenbiß verursacht wird. Seltsamerweise wird sie
nicht »Zeckenkrankheit« oder ähnlich genannt,
sondern schlicht »tristeza«, Traurigkeit. Ein Foto
zeigt den traurigen Champion mit gesenktem
Kopf in seiner Ausstellungskoje, auf einem zweiten Foto liegt er schon dahingestreckt, mit dem
Kommentar »ya nada que hacer«, da ist schon
nichts mehr zu machen. Sein Wert wird auf 10
Millionen Guaraníes geschätzt, das wären etwa
7500 Franken. Dieses Jahr werden in den Vieh-
verkäufen niedrigere Preise erzielt als im Vorjahr,
ist weiter unten zu lesen, und daran sehe man,
wie die Armut auf dem Land zunehme.

Keine solchen Einbrüche verzeichnet das lateinamerikanische Waffengeschäft. Die chilenische Waffenfabrik FAMAE, welche heuer erstmals mit einem Stand vertreten ist, will nächstes Jahr wiederkommen, wegen der großen internationalen Beachtung der Messe; so sagte der Direktor dieser Fabrik, der zufällig auch General der chilenischen Armee ist. Wer weiß, vielleicht gibt's sogar Interessenten für das SIG-Sturmgewehr, das sie schon lange in Lizenz herstellen, garantiert Schweizer Qualität?

Und was ist das für ein Foto, das einen alten kleinen Panzer auf einem Lastwagen zeigt? Sieh mal an, eine Kriegstrophäe, und zwar aus dem Chacokrieg mit Bolivien, der von 1932 bis 1935 dauerte. Dieser Panzer war während Jahrzehnten auf dem Platz vor dem Nationalkongreß ausgestellt, und nun wird Präsident Wasmosy nächste Woche die gesamte noch vorhandene Kriegsbeute nach La Paz zurückbringen. Die Aufzählung der Beutestücke schlägt nach einigen weiteren Panzern und 30 Repetiergewehren ins Kleinkalibrige um: eine Offizierskiste mit Mantel, Hose und Stiefeln, eine Feldküche, ein Feldbett, ein Ofen, 5 Regimentsfahnen und eine Kapitulationsfahne.

Dieser Krieg um die Grenzen der beiden Länder im Urwald war an Sinnlosigkeit nicht zu überbieten. Er hatte auf beiden Seiten Zehntausende von Toten zur Folge, die hier »héroes del Chaco« genannt werden und fast in jeder Ortschaft ein Denkmal haben. Viele sind im weglosen Kampfgebiet einfach verdurstet, gruben Brunnen, aus denen kein Wasser kam, verteidigten sie aber erbittert gegen die Feinde, die auch nichts mehr zu trinken hatten, und zuletzt gingen Freund und Feind zugrunde (so zu lesen bei Eduardo Galeano). Noch heute ist das Verhältnis der beiden Länder durch diesen Krieg getrübt; in der großen Geldwechselstube, die General Rodriguez gehört, und wegen deren beabsichtigten Schließung derselbe Rodriguez 1989 gegen Stroessner geputscht hatte (nicht etwa wegen der Demokratie), in dieser Wechselstube also werden alle möglichen Währungen zum Tausch angeboten, vom Yen bis zum brasilianischen Real, nur nicht der Boliviano des Nachbarlandes. Deshalb dürfte eine Geste wie diese Rückgabe nicht sinnlos sein.

Heute aber findet der Krieg an anderen Fronten statt. Der paraguayische Konsul in Hongkong, lese ich, hat demissioniert und ist verschwunden. Er wurde des Handels mit gefälschten Pässen verdächtigt, die vor allem unter Arabern gefragt sein sollen. Dieser Handel, dessen auch andere Konsulate verdächtigt werden, erhielt letzte Woche bedrückende Aktualität, als in Buenos Aires ein Attentat auf den Sitz einer jüdischen Organisation verübt wurde. Direkt nach dem Attentat wurden sämtliche Grenzen Argentiniens geschlossen, und diejenige zum Nachbarn Paraguay wurde mit besonderem Argwohn beobachtet. Meine Frau und ich bekamen dies dadurch zu spüren, daß wir aus dem startbereiten Flugzeug von Buenos Aires nach Asunción wieder aussteigen und mehr als 24 Stunden in Buenos Aires verbringen mußten. Seither werden hier immer wieder Araber festgenommen und überprüft, gestern zum Beispiel, so die Zeitung, 9 Libanesen in Ciudad del Este, an der Grenze zu Brasilien, auf der »Brücke der Freundschaft«. Der Polizeikommandant von Ciudad del Este spricht von möglichen Terroristen. Nun hat man wieder einen Feind.

Auch wir sind gestern über diese Brücke gefahren, nach einem Ausflug zu den Iguazú-Wasserfällen in Brasilien. Sie ist der einzige Grenzübergang weit und breit, und es ist unglaublich, welcher Verkehr sich durch diesen Flaschenhals quetscht. Die Wartezeit, während der wir in großer Hitze meterweise in unserem Mietwagen vorrückten, betrug über eine Stunde. Von der Brücke ist ein Foto in der Zeitung, zusammen mit der Nachricht, daß nächstens eine zweite Brücke gebaut werden solle und daß man sich davon eine Erleichterung für den überlasteten Grenzverkehr erhoffe. Ich glaube allerdings schon jetzt sagen zu können, daß diese Hoffnungen vergebens sind. Als verkehrsgebeutelter Schweizer weiß ich, daß jede zusätzliche Ader den Verkehr nicht halbiert, wie man rechnerisch annehmen müßte, sondern auf geheimnisvolle Art verdoppelt.

Die Kontrolle auf der Brücke war derart lasch, daß mich die Festnahme der Libanesen überraschte. Zudem fallen Menschen aus dem Nahen Osten gar nicht speziell auf, da es auf der brasilianischen Seite eine sehr zahlreiche arabische Bevölkerung gibt.

Auch Paraguay ist voll von Eingewanderten. Die Frau neben mir im Flugzeug sprach mit ihrer Tochter nicht dänisch, wie ich zuerst zu hören glaubte, sondern das Plattdeutsch der Mennoniten, die in den dreißiger Jahren aus Rußland in den Chaco eingewandert sind, ein Plattdeutsch, das mittlerweile auch von Teilen der dortigen indianischen Urbevölkerung gesprochen wird. Auf einer Fahrt durchs Land stößt man plötzlich auf Orte, in denen alles auf japanisch angeschrieben ist, oder, uns etwas vertrauter, auf deutsch, oder auf halbdeutsch, wie jene Kneipe im Städtchen Hohenau, die sich »Bier Chupen« nannte. Ein völlig heruntergekommenes Lädeli eines andern Dorfes trug den vielversprechenden Namen »Almacén Suizo«, Schweizer Laden, und unweit von Encarnación stießen wir auf ein ukrainisches Kulturzentrum.

Als ich das letztemal hier in diesem Café saß, hat ein cholerischer Bayer seinen zwei Bekannten ein Familiendrama auf bayrisch erzählt, und die andern zwei haben ihn auf spanisch bemitleidet: »Bschissen hot's mi, das Weib!« »Verdad? Qué pena!« »Aber sowas von bschissen, sog i, das stellst der goar net vor!« »No me digas...«

Mischungen scheinen mir typisch für dieses Land. Lange Zeit war es das einzige in Lateinamerika, das seine Indiosprache als Amtssprache anerkannte, und viele Menschen sprechen eine Mischsprache aus Spanisch und Guaraní, der ich nicht folgen kann.

In einer der zwei deutschen Zeitungen, die hier wöchentlich für die etwa 80 000 Deutschsprachigen erscheinen, lese ich von einer Indianersippe im Chaco, die noch ohne Kontakt mit unserer Zivilisation im Urwald lebt. Ein Siedler hat die Spuren einer kürzlich verlassenen Unterkunft angetroffen und sie fotografiert. Ich habe einen Ethnologen kennengelernt, der sich dafür einsetzt, daß diesen Indianern aus dem Stamm der Ayoréode der Urwald, in dem sie leben, zugesprochen wird. Da es sich, wie man von Verwandten der Waldleute weiß, nur um etwa 30 Menschen handelt, wirkt die Forderung von 600 000 Hektaren recht exzessiv, ich weiß auch nicht, was die demonstrierenden landlosen Bauern dazu sagen würden. Deshalb schlägt der Ethnologe die Deklaration als Naturschutzgebiet vor, was aber von den Fundis unter den Indianerfreunden abgelehnt wird; sie verlangen, daß das Gelände den Indianern als Eigentum überschrieben wird.

Aber überall ist Bruno Manser-Land, und der Urwald wird abgeholzt, es ist direkt entlang der Straße von Encarnación nach Ciudad del Este zu sehen, wo sich Urwaldstücke mit verkohlten Baumstumpfparzellen abwechseln. Die unzähligen großen Weiden, die das Landschaftsbild prägen, mit den grauweißen Kühen, die wie Felsen darüber verstreut sind, waren wohl nicht immer große Weiden, und es ist nicht zu übersehen, wieviele Lastwagen mit schwerem Langholz einem auf dem Weg von Ciudad del Este nach Asunción entgegenkommen. Es gibt auch einen lukrativen Holzschmuggel nach Brasilien. Ich höre von einem Indianerstamm in einem dieser vom fortschreitenden Kahlschlag heimgesuchten Gebiete, in welchem sich immer mehr Junge das Leben nehmen, und zwar, indem sie sich eine Schlinge um den Hals legen, diese an einen Baumstamm binden und solange in die Schlinge rennen, bis sie tot sind. Ich glaube, sie sterben an der »tristeza«.

Doch ich war ja am Zeitunglesen, und da fiel mir, nach Seiten voll kleingedruckter Inserate mit Auto-, Wohnungs- und Gesundheitsangeboten und dem Teil »Sociales«, wo zum Beispiel Frau Gloria Sol de Stahlschmidt bei ihrem Geburtstagstee in Farbe mit Familie und Freundinnen abgebildet ist, oder auch der kleine Luís Fernando Avalos Hermosa, wie er bei der Feier seines ersten Geburtstages leicht erstaunt in die Kamera blickt, da fiel mir die Nachricht auf, daß der Staatsanwalt im Prozeß gegen Pastor Coronel, den früheren Chef der politischen Polizei und Oberfolterer Paraguays, und zwei Mitangeklagte 23 Jahre Gefängnis fordert. Zwei andere Folterer erhielten bereits letzte Woche 25 Jahre Gefängnis.

Da ich gerade das Buch von Martín Almada gelesen habe, einem Rechtsanwalt, der unter Stroessner drei Jahre lang bei schlimmsten Bedingungen gefangen war, immer wieder gefoltert wurde und nicht zuletzt dank der Bemühungen einer Basler »Amnesty International«-Gruppe freikam, kenne ich die Namen der Angeklagten, insbesondere die düstere Figur von Pastor Coronel. Er hat Hunderte von zu Tode Gefolterten auf dem Gewissen – es genügte z. B., daß ein Architekturstudent ein Buch »La revolución de la arquitectura moderna« bei sich trug, und er kam wegen des Wortes »Revolution« in diese Todesmühle, die direkt im Stadtzentrum lag, im Polizeigebäude, durch dessen offene Tür ich übrigens ein Poster vom Staubbachfall im Berner Oberland gesehen habe. Almadas Buch ist inzwischen mit einem Vorwort von Jean Ziegler in der 9. Auflage zu haben, und auch die Dokumentation »es mi informe« über das Archiv der politischen Polizei, das Almada vor 2 Jahren praktisch unversehrt entdeckte, hat Konjunktur. Es ist deprimierend zu lesen, auf welche Methoden sich die stabilste Diktatur Südamerikas stützte (der »estronismo«, wie die Stroessner-Zeit genannt wird, dauerte 35 Jahre!).

Coronel wird wegen des Todes eines einzigen Opfers angeklagt, eines Arztes. Damit man dessen Schreie während der Folterung nicht hörte, ließ er in voller Lautstärke Musik von José Asunción Flores laufen, schreibt die Zeitung. Dies ist eine besondere Ironie: Flores war ein populärer Komponist, der Erfinder der »Guaranía«, die für Paraguay mindestens soviel bedeutet wie der Tango für Argentinien. Flores mußte unter Stroessner ins Exil, der wollte ihn angesichts von dessen Popularität gern zurückhaben und ließ ihm in Buenos Aires in einer Feier durch den paraguayischen Botschafter eine Medaille übergeben. Flores nahm sie entgegen, spuckte darauf und warf sie dem Botschafter mit den Worten »Daran klebt Blut« vor die Füße und verließ den Saal. Als er in den achtziger Jahren in Buenos Aires starb und ihn seine Familie in Asunción begraben wollte, verweigerte Stroessner der Leiche die Einreise.

Diese Geschichte hörte ich bei einem Besuch des Musikers Arturo Pereira, einem alten Geiger, der im winzigen Geburtshaus von Flores im Armenviertel Asuncións in einem kahlen Raum an einer Schreibmaschine sitzt und an einer Geschichte der Musik Paraguays arbeitet. Es sei wichtig, sagt er, der nicht mehr Geige spielen kann, daß ein Volk über seine Kultur zu seiner Identität finde. Im Zimmer sind nur ein paar alte Fotos von Musikgruppen und einige Bücher auf Gestellen zu sehen, und an diesem Ort verstehe ich plötzlich besser, was Kultur ist, als bei den Diskussionen, ob unser vollgefressenes Land einen Kulturartikel in der Bundesverfassung braucht oder nicht.

Man sollte, findet Carlos Colombino, Maler und Direktor eines kleinen, höchst sehenswerten Museums, die Volkskultur nicht von der verfeinerten Kultur trennen, sie beide bilden erst zusammen die ganze Kultur, und er stellt in seinem Museum zeitgenössische Kunst zusammen mit traditioneller Kunst aus, mit Masken und Skulpturen von Tieren und Menschen aus der gegenwärtigen Produktion von Eingeborenen. Auch er spricht von der Suche nach der Identität, und seine eigenen Bilder sind unheimlich stark, eines, »La ultima cena«, eine wandfüllende Abendmahlsparaphrase, finde ich später auf einem Buchumschlag des bekannten paraguayischen

Autors Augusto Roa Bastos wieder. Colombino forderte übrigens, wie er uns erzählte, von der staatlichen Elektrizitätsgesellschaft, sie solle ihm den Strom zum billigen Industrietarif abgeben, mit der Begründung, er vertrete die Kulturindustrie, aber er hatte keinen Erfolg damit.

Einem ausführlichen Artikel über Kinder, die im Gefängnis geboren werden und ihre ersten Lebensjahre auch dort verbringen, folgen zwei Berichte über den Kinderhandel. Paraguay entwickelt sich immer mehr zum Supermarkt, in dem nordamerikanische Paare ihre Kinder einkaufen. Man schätze, sagt unsere Gastgeberin, die für die Rechte der Kinder arbeitet, einen Umsatz von 12 Millionen Dollar pro Jahr (ein Kind kostet zwischen 15 und 20 000 Dollars). Es gibt Auftragsschwangerschaften und Entführungen (von einer solchen ist im einen Bericht die Rede), sowie zweifelhafte Adoptionsurteile von hiesigen Richtern und Richterinnen. Für die US-Botschaft arbeiten insgesamt 12 Adoptionsrechtsanwälte und ein Vertrauensarzt, der kürzlich an einer Tagung sagte, er bedaure, daß die Qualität der Neugeborenen nicht besser sei. Er sprach von Menschen.

In der deutschen Zeitung, die ich zwischenhinein zur sprachlichen Erholung aufschlage, lese ich ein Inserat, in dem sich eine Gesellschaft für Schatzsuche anerbietet, Vermögen wieder zu finden, welche »bis 1947 vermauert, vergraben oder zugesprengt wurden«, und zwar in Ost- und Westeuropa.

Oh, und da finde ich doch noch eine Schweizer Spur. Die Firma Resa aus Mellingen sucht Farmen, die zwischen 100 000 und 600 000 Dollars wert sind, und vermittelt dann »den entsprechenden solventen Schweizer Käufer«.

Na, wie wär's? Oh, wie schön ist Paraguay! Am Morgen würden Sie auf den Stufen Ihrer Hazienda sitzen und durch ein Metallröhrchen Ihren Mate saugen. Stroessner lebt schon seit 5 Jahren in Brasilien, auf dem Land krähen jeden Morgen hundert Hähne, und an den Blüten der Stadtgärten saugen die Kolibris. Die »Hamburgueserías«, das »Pilsen« und der »Volkscar« erinnern an Europa, und »Coca-Cola« und »Sprite« an die USA. Und Ihre Kinder werden kaum das Pech haben, daß sie mit einem Bauchladen voller Schokolade oder Waffeln in einen Bus springen müssen und »5 por 1000!« oder »3 por 500!« rufen und dann wieder abspringen, wenn sie nichts verkauft haben. Und was die malerischen Ochsenkarren und das archaische Pflügen von Hand betrifft, so achten Sie einfach darauf, daß Sie der Fotografierende sind und nicht der Fotografierte. Allerdings, etwas heiß ist es schon hier. Sogar noch jetzt, im sogenannten Winter, merke ich, daß mir das Hemd an der Stuhllehne klebt, heute, am

27. Juli 1994, als ich am Schluß der Zeitung »Noticias« angekommen bin, auf der Seite 68, die mit der tröstlichen Reklame für ein Bier endet, das »Antárctica« heißt.

Wir!

Viele haben ihre Gesichter trotz des Zürcher Ver-
mummungsverbots bis zur Unkenntlichkeit ge-
schminkt, haben sich Schweizerkreuze über Nase
und Mund gemalt, oder auf beide Wangen; eine
ganze Gruppe ist als lebende Schweizerfahne
gekommen, die Weißgekleideten stehen kreuz-
förmig in der Mitte, die Rotgekleideten quadra-
tisch darum herum, Trommeln sind mitgebracht
worden, Trompeten auch, allerhand Feuerzeug,
Wunderkerzen, Amerikaflaggen und immer wieder Schweizerfähnchen und Schweizerfahnen.
Welcher 1. August wird hier gefeiert, daß sogar
der Bundespräsident anwesend ist? Und unsere
einzige Landesmutter Frau Dreifuß ebenfalls, die
nicht, wie man hätte befürchten können, während des Zeremoniells strickt, obwohl sie zum
erstenmal daran teilnimmt, was sie vorher dem
Fernsehreporter verschmitzt gesteht. Die Kamera streift auch über Altgediente des öffent-
lichen Lebens, Herrn Schlumpf z. B. oder Herrn
Furgler, den Unvermeidlichen.

Und woraus besteht das Zeremoniell? Es besteht aus der Vollstreckung eines Urteils, das über
eine schlechte Fußballmannschaft aus einem kleinen Land gesprochen wurde. Wir haben zwar

Sympathie für das kleine Land, aber trotzdem – heute abend gibt es keine Gnade, wir brauchen diese abschließende Demütigung, damit wir nach Amerika können, zur Endrunde der Fußballweltmeisterschaft. Eine Formsache ist es eigentlich, aber dennoch dauert es über eine halbe Stunde, bis einem Basler Kopf der erste Einschuß gelingt, denn die Esten verteidigen sich heldenhaft, fast wie Schweizer, doch dann, während unsere elf Harten und Unerbittlichen stellvertretend für uns alle die erwartete Exekution ausführen, wächst die Begeisterung des Stadionpublikums, sogar Verdis Triumphmarsch aus »Aida« wird gesungen, und das Wort »wir« schwillt zu einer Größe an, die es während der ganzen 700-Jahrfeiern nie erreicht hat, und als der baumlange estnische Torhüter kurz vor der Pause zum drittenmal am Boden liegt, wissen wir es, wir gehen nach Amerika, welch eine Verheißung, wir sind dabei, wir können nicht mehr übersehen werden, wir sind kein Fußballtransitland, und die 80 000, die im Hardturm keinen Platz gefunden haben, jubeln nun in den Polstergruppen zu Hause und in den Beizen und auf den Straßen, es geht uns alle an, schon in der Pause verkündet der Zürcher Polizeivorstand Freinacht, da werden Straßen und Kreuzungen blockiert sein, und keine Ordnungskräfte werden einschreiten, und Menschenmassen werden am Limmatquai »die Welle«

machen, die mexikanische, wie wir das schon im Stadion gesehen haben, für unsere glorreichen 11, und eigentlich auch für die glücklosen 11 aus Estland, denen doch ebenfalls unser Dank gebührt, denn sie haben uns, in einer Zeit, da Kantonalbanken wanken und nicht einmal mehr die Swissair zu den sicheren Werten gehört, sie haben uns in einer solchen Zeit mit ihrem fußballerischen Elend dazu verholfen, wieder etwas zu sein, das wir schon lange nicht mehr waren: identisch mit uns selbst, keine von Europa umbrandete und von Röstigräben zerfurchte Zitterinsel, sondern eine Nation, ein einig Volk – wir!

In einem andern Land

Währenddem mir der griechische Lebensmittel-
händler sizilianische Artischockenherzen abwägt,
betritt ein jüngerer Mann das Geschäft und fragt:
»Gibt hier portugies Laden?«

Nein, antwortet der Händler, es gebe nur auf
der andern Seite des Bahnhofs einen italienischen
Laden, und in Seebach noch einen spanischen.

»Portugies Laden?« fragt der andere nochmals.
Offenbar hat man ihn nicht richtig verstanden.

Aber der Grieche hat ihn gut verstanden. Nein,
sagt er, nein, das sei alles.

Der Portugiese kann es immer noch nicht glauben, und er stellt die Frage zum letztenmal, doch
diesmal schon ohne Fragezeichen: »Kein portugies Laden.«

So ist es. Kein portugies Laden, hier, wo er
arbeitet, und einen Moment lang blickt er noch
auf die gedörrten Fische in der Auslage. Es sind,
das steht fest, auf keinen Fall portugiesische
Fische, und ratlos verläßt er das Geschäft.

Wenn man die erste Zeit im Ausland sei, sagt
mir der Grieche, der übrigens schon lange einge-
bürgert ist, brauche man einen solchen Laden
zum Überleben, und der Kunde neben mir mit
den ungarischen Paprikaschoten in der Hand fügt

hinzu: »Was man die ersten zwanzig Jahre gegessen hat, ißt man ein Leben lang.«

Sein Deutsch ist fast ohne Akzent.

Die Absage

Als der bekannte Schriftsteller von einer Zeitung gefragt wurde, ob er einen Text über die Arbeitslosigkeit schreiben würde, sagte er ab.

Leider habe er, gab er als Grund an, zuviel zu tun.

Lernerfolg

»Siehst du«, sagte die Logopädin strahlend zu ihrem 7jährigen Schüler, nachdem er erstmals und
mehrmals das »sch« richtig ausgesprochen hatte,
»siehst du, du mußt nur die Zunge etwas nach
hinten nehmen, und schon geht es.«

»Ja«, sagte der Schüler und nickte. Und dann
fügte er hinzu: »Ich habe sie eben lieber vorne.«

Plötzliche Erkenntnis zwischen
Potsdam und Wannsee

ein Protokoll

Oma: Freust du dich, daß wir zu Hause sind?
Kind: Ja. (Pause) Wir sind doch noch gar nicht zu Hause.
Oma: Aber fast.
Kind: Und du kommst gar nicht nach Hause. Du kommst nur zu deinem Kind.
Oma: (erstaunt) Ja, ich komme zu meinem Kind.
Kind: Und dein Kind ist meine Mutti.
Oma: So ist es.
Kind: Und Opa ist an Krebs gestorben.

Unerschöpfliches Gespräch zwischen Bellinzona und Zürich

Ist das nicht, denke ich, Elias Canetti, der da im Sitz des Intercity nebenan Platz genommen hat, und das Mädchen, das mit schweizerdeutschem Akzent mit ihm hochdeutsch spricht, muß seine Tochter sein, von der ich eben erst noch gehört zu haben glaube, daß sie zur Welt gekommen ist.

Ich erinnere mich daran, daß ich vor etwa 20 Jahren mit meiner Frau eine Lesung von ihm im Zürcher Hechtplatz-Theater gehört habe, in welcher er aus seinem Stück vorlas, dessen Motiv ein Verbot der Spiegel ist. Seither habe ich ihn nie mehr selbst gesehen.

Ich gehe auf die Toilette, um mir lange Hosen anzuziehen, und als ich zum erstenmal seit einer Woche wieder in einen Spiegel schaue, blickt mir eine Art Waldmensch entgegen, nach meinen Ferientagen auf der Tessiner Alp.

Zurückgekommen, warte ich, bis er die »Neue Zürcher Zeitung« hingelegt hat, und spreche ihn dann an, frage ihn, ob er es sei, und natürlich ist er es, ich stelle mich ihm vor und sage ihm, welche Freude ich an seinem Gesamtwerk habe.

Es beginnt dann ein Gespräch, das bis Zürich

immer lebhafter wird, ich frage ihn, woran er denn jetzt arbeite, und er sagt, an seinem Werk, an dem er über Jahre schon sei und das wohl nie fertig werde, an seinem Buch gegen den Tod, und dann werden wir durch den Minibar-Wagen unterbrochen, an dem er sich ein Sandwich und ein Mineralwasser ersteht.

Ich erzähle ihm über mein Lesevergnügen an seiner Autobiographie, er sagt, sie sei von vielen Kritikern als zu einfach gerügt worden, aber diesen Vorwurf kenne ich wohl auch. Ich erwähne daraufhin die ungnädige Rezeption meines Romans »Der neue Berg« durch die Kritik. Er erkundigt sich eingehend nach dem Roman und sagt, das sei bestimmt nicht einfach gewesen, diese Verbindung des Realen mit dem Surrealen, und er habe sich immer für Erdbeben interessiert. Wir sprechen dann eine Weile über Erdbeben und ihre Anzeichen. Er selbst hat nur kurze Stöße erlebt, einen in Scuol und einen in Wien, wo der Kronleuchter geschwankt hat. Sein Stück »Hochzeit« beginnt mit dem Schwanken eines Kronleuchters.

Ich habe ihm schon vom Erdbeben in Innsbruck erzählt, bevor wir auf den Roman kamen. Damals stand ich in meinem Einmannprogramm auf der Bühne des Kongreßhauses, und als die Decke des Saales zu wackeln begann, meinte ich zuerst, ich hätte eine Kreislaufstörung und falle gleich um, bis mir klar wurde, daß alle dasselbe wahrnahmen und zu den Türen rannten. Es war das Erdbeben, welches Friaul zerstörte und das in Innsbruck noch mit solcher Heftigkeit zu spüren war. Dieses Erlebnis schilderte ich ihm, nachdem er mir gesagt hatte, warum er nicht mehr öffentlich vorlese. Vor zehn Jahren habe er einmal beim Vorlesen einen Schwindelanfall gehabt, den er zwar habe vertuschen können, aber so etwas wolle er nicht mehr erleben.

Ich erzähle von der gleichzeitig befremdend und vertraut machenden Wirkung, welche die Zürich-Schilderungen seiner Jugendzeit auf mich ausüben, und wie ich beim Durchfahren der Scheuchzerstraße auf dem Velo öfters an seinen Polizisten und dessen Schwein im Vorgarten denke. Wir kommen auf Gottfried Keller und Canettis Schrecken beim Gedanken, er selbst könnte einmal eine Lokalgröße werden. Er lacht und sagt, die Stadt Zürich habe ihn gefragt, ob er die Keller-Ausstellung im Helmhaus eröffnen wolle, und das wäre ihm unverfroren vorgekommen, wenn er das gemacht hätte, er als Nichtschweizer.

Ich sage, mich hätte es natürlich sehr interessiert, von ihm etwas über Gottfried Keller zu hören, und für mich wäre diese Konstellation kein Problem gewesen.

In der Schweiz, sagt Canetti, glaube er mehr Gerechtigkeitssinn zu verspüren als anderswo, versteht aber, daß ich das nicht ganz so sehe. Es ist 1990, das Jahr des Fichenskandals, und das Ausmaß der Schnüffeltätigkeit in der Schweiz hat ihn erstaunt, er wollte es zuerst gar nicht wahrhaben. Der Schweiz gegenüber, vor allem der Stadt Zürich gegenüber, empfinde er Dankbarkeit, sagt Canetti, darüber, daß er hier habe aufwachsen können, nachdem er aus diesem grauenhaften Wien gekommen sei, und einen Menschen ohne Dankbarkeit könne er sich nicht vorstellen.

Zu den Erdbeben hatte ich noch erwähnt, daß die Schweiz eine geringe Katastrophentradition hat, daß wir einzig ein bißchen Lawinen- und Felssturzerfahrungen haben, im Vergleich zu andern Ländern, und daß das für mich auch ein Stimmungsanreiz gewesen sei, meine Romangeschichte katastrophal enden zu lassen.

Darauf antwortete er, das möge sein, aber ihm sei auch aufgefallen, daß in England oder in Österreich, wo Katastrophen passiert seien, zum Teil überhaupt kein Bewußtsein dafür existiere, er habe in Wien mit Leuten nach 50 Jahren das Gespräch wieder aufnehmen können, und die hätten gesprochen, als ob nichts gewesen wäre in der Zwischenzeit, und England habe direkt eine Katastrophenverdrängungstradition, sonst wäre ja etwas so Absurdes wie der Falklandkrieg gar nicht möglich gewesen. Er habe bei befreundeten

Menschen festgestellt, daß sie diesen Krieg verteidigten, was er kaum habe begreifen können.

Wir kommen auf die Vorgänge in Osteuropa, und er sagt, er sei zum erstenmal in der Situation, daß er einen einzelnen Mann in der Geschichte wirklich bewundern müsse, was ihm sonst immer zuwider gewesen sei. Ich zeige ihm das Bild von Gorbatschow an der 1. Mai-Feier in Moskau aus der Zeitung, die ich soeben gelesen habe, verstimmt und irritiert steht er da, und wir finden beide, das sei neu, so habe man ihn noch nie gesehen. Canetti fragt mich, ob ich Ceausescu auch gesehen habe am Fernsehen, im Moment, als zum erstenmal an der großen organisierten Demonstration die Gegner aufmarschiert seien, wie er da beschwörend die Hände hochgehalten habe, er imitiert die Geste, und ich sage ihm, ich erinnere mich sehr gut, und ich glaube, es sei die Angst vor der Berührung mit etwas Unbekanntem gewesen (der erste Satz aus »Masse und Macht« hat mir immer gut gefallen).

Ich füge hinzu, mich habe es beeindruckt, welche Rolle die Massen plötzlich gespielt hätten bei all diesen Veränderungen, Massen, etwas, das man bei uns eigentlich kaum noch erlebt, außer bei Länderspielen oder gelegentlich bei einer Demonstration größeren Ausmaßes.

Er ist geradezu stolz auf dieses Phänomen und sagt auch, als ich ihn frage, ob er seinen Text über die Fluchtmasse im »Einspruch« gesehen habe, daß er jetzt auf einmal wieder ein stärkeres Echo auf seine Gedanken zur Masse höre, nachdem der Begriff während Jahren gar nicht mehr aktuell war.

Er sammle, sagt er, alle Nachrichten über die Ereignisse in Osteuropa und untersuche sie daraufhin, ob sie zu seinen Theorien von Masse und Macht paßten. Viele der Vorgänge paßten überhaupt nicht dazu, und das sei ein gewaltiger Lernprozeß für ihn.

Ich sehe ihn an, den 85jährigen, wie er sich über den Mittelgang des Abteils immer mehr zu mir wendet und über die Geschichte spricht, wie er sie jetzt wahrnimmt und daran *lernen* will und wie er die Leidenschaft des Denkens noch in keiner Weise eingetauscht hat gegen irgendeinen Altersstarrsinn oder eine sanfte Resignation.

Der SPD-Präsident der DDR, Meckel, untermaure ja sein Christentum mit Hegel, das finde er eine unglaubliche Absurdität, Hegel sei nun wirklich am wenigsten zu gebrauchen für die Beurteilung der Geschichte oder für das Verständnis derselben.

Ich glaube, antworte ich ihm, in der DDR hätten sich die Menschen oft die Denknischen suchen müssen, die dort verfügbar waren, und hätten in diesen Nischen ihre Kreativität gelebt oder ihre Entdeckungen gemacht, so hätte ich zum Beispiel Autoren wie Alexander Grin nur durch DDR-Editionen gefunden und könne mir nicht vorstellen, wo sonst ein Interesse gewesen wäre, diesen russischen Autor auf deutsch zu veröffentlichen. Ob er den kenne? Ja natürlich kenne er den. Ich glaube, er hat alles gelesen.

An meine Anthologie »III einseitige Geschichten«, in die ich einen Text aus seinen »Ohrenzeugen« aufgenommen habe, erinnert er sich, aber nicht daran, welcher Text es war, peinlicherweise erinnere ich mich auch nicht.

Es ist, wie ich später zu Hause sehe, »Molières Tod«.

Ich frage ihn nach seinen Geschwistern, von einem Bruder weiß ich, er ist im französischen Show-Business tätig, managte Georges Brassens, im Hechtplatz-Theater hängt immer noch ein Plakat »Jacques Canetti présente – Les frères Jacques«, ein Abend, an den ich mich gut erinnere. Er muß der totale Gegensatz zu ihm sein, alles, was er tut, hat Erfolg, bringt Geld, er kaufte sich für ein Gitarrenfestival ein ganzes Pyrenäendorf, und ein altes Schloß, wo er Aufnahmen macht mit seinen Chansonniers, kaufte auch einmal ein Buffet, das er als Urnengrab für alle seine Familienmitglieder vorsah, er hatte schon jedem eine Schublade zugewiesen, bis die andern sagten, das sei Unsinn. Der Bruder, der ihm näherstand, ist gestorben, er war Tuberkuloseforscher, hatte selbst Tuberkulose und ließ jede neue Operationsart für diese Krankheit zuerst an sich selbst ausprobieren. Ob ich verstehe, daß ihm der näher war? Ich verstehe. Was man am andern hasse, davon fürchte man wohl, daß man es selbst auch verkörpern könnte, darum hasse man es beim andern. Er fragt mich nach meinen Geschwistern und nickt, als ich sage, daß wir bei allem, das uns verbinde, recht gegensätzlich herausgekommen seien.

Interviews gebe er keine mehr, schon lange, man könne ja nicht auf alle Fragen eine wirkliche Antwort geben. Das sei ihm an Sartre suspekt gewesen, der habe immer auf alles sofort eine Antwort gewußt. Die Wirklichkeit sei aber nicht so – er müsse oft sehr lange nachdenken, bis er eine Antwort auf eine Frage habe.

Ob er mir denn einmal ein paar Fragen beantworten würde?

Privat, ja, zur Veröffentlichung, nein, er glaube, er würde mir nur lauter Unsinnigkeiten erzählen.

Ich wende ein, daß es natürlich diese Unsinnigkeiten seien, die mich interessierten, und ich glaube an den Sinn des Unsinns. Gerade hätte ich auf der Tessiner Alp wieder Kafka gelesen, erzähle ich ihm, und sei begeistert vom Beharren auf den unsinnigen Details, also daß er eine Geschichte über eine Zwirnspule schreibe, die den

Namen Odradek trage, und ich staune immer wieder darüber, daß in Kafkas Geschichten soviel von seiner Zeit enthalten sei, obwohl es oft um derartige Nichtigkeiten gehe.

Kafka lese er alle fünf Jahre wieder, entgegnet Canetti, die ganzen Erzählungen, und vielleicht beeindrucke er uns deshalb so sehr, weil er das beschrieben habe, was seiner Zeit fehlte.

Oh ja, das muß es sein, und meine Frau bittet ihn nun, er solle mich empfangen, wenn ich mit ihm sprechen möchte, mich und alle, die das hören wollen, was er zu sagen habe. Er bleibt aber voller Anspruch an sich selbst, gesteht auch zu, daß das vielleicht hochmütig und undemokratisch sei, aber es sei so, und beim Abschied ist er erstaunt, als plötzlich unser Hund Fleck unter dem Sitz hervorkriecht und die ganze Zeit dabeigewesen war.

Er wünschte sich von mir ein gewidmetes Exemplar meines Erzählbandes »Die Rückeroberung«, und ich mir von ihm »Die gerettete Zunge«. Er hat es mir geschickt und schrieb in seiner Widmung »zur Erinnerung an ein unerschöpfliches Gespräch«. Es blieb unser einziges.

Nach-Ruf

auf Niklaus Meienberg, † 24. 9. 1993

Lieber, böser Niklaus
nun sprechen und schreiben sie alle von Dir
im Imperfekt
er war, er wurde
er schrieb, er lebte
er ging
so schnell paßt sich Sprache
der Wirklichkeit an
und die Wirklichkeit sagt
seit Freitag, 16 Uhr
immer wieder dasselbe:
Selbstmord.
Und ich sitze da
und kann es
noch immer nicht glauben
obwohl Du selbst
mir davon gesprochen hast
im Sommer
der eben noch war
im Sommer
als Dich die Liebe verließ
und Dein harter Schädel
nach Deinem Unfall

langsam wieder
zu schaffen begann
und Dein weiches Herz
erbleichte vor Leere.
Auch Selbstmord
ist Mord.
Was brachte Dich um
oder wer?
Die Gesellschaft
gegen welche Du anschriebst
die schweigende Mehrheit
welche Dich haßte
oder am Ende wir alle?
Die Freunde noch mehr als die Feinde?
Täuschen ließen wir uns
durch den Hünen Meienberg
zu wenig spürten wir
daß Du auf nichts
so dringend gewartet hast
wie auf die Frage:
Wie geht es Dir?
Verwundet gingst Du
durch Örlikon-City
mit dem Traum von Paris im Kopf
dem enttäuschten
denn auch Paris
wird immer mehr
Züri-Nord
so les ich's im ersten Kapitel

von »Zunder«
dem letzten Buch von Dir
das nun das letzte bleiben wird
und als Du es vorige Woche
bei mir vorbeigebracht hast
da hab ich noch nicht gewußt
daß das Dein Alterswerk ist
denn ich habe auch künftig
gerechnet mit Dir
Deinem starken Blick
für die Schwächen der Zeit
Deiner Wißbegier
Deinem Sinn für Gerechtes und Ungerechtes
für Lügen und Wahrheit
und vor allem hab ich gerechnet
mit Deiner farbigen, blühenden, blitzenden
fröhlichen, traurigen, knirschenden
Sprache
die ein Protest war
– ist! –
gegen Langeweile des Denkens und Lebens
gegen gens de toutes sortes
qui n'égalent pas leur destin₃
wie Du in Deiner eigenen Todesanzeige
zitierst
gegen Leute jeglicher Art
die ihr Schicksal nicht wert sind.
Du wolltest das Deine selber bestimmen
davor ist Respekt am Platz

doch erlaube mir auch
zu trauern
um Dich
denn Du warst ein Freund
und als wir vor ein paar Tagen
zusammen am Örliker Bahnhof standen
und spotteten über das Minishopville
das unter den Gleisen entsteht
und als Du dann Deine Hand hobst
zum Abschied
und in der Unterführung verschwandest
warum hab ich Dir da nicht nachgerufen:
Lieber Niklaus
bleib noch ein bißchen!
Auf unsern Tischen
steht Brot und Wein für Dich!
Wir alle würden Dich sehr vermissen
wenn Du jetzt schon gingest
schon jetzt!

Danach

»Hallo!« rief Herr B., »hallo, hier bin ich!«

Niemand antwortete ihm. Er wußte nicht, wo er war. Rings um ihn war es dunkel.

»Hallo!« rief er nochmals und klammerte die Hände um die Mappe, die er bei sich trug, »ich bin angekommen!«

Nichts geschah. Kein Licht ging an. Kein Tor knarrte. War da ein Rieseln? Ein Wind vielleicht? Nein. So sehr sich Herr B. anstrengte, er hörte nichts.

»Darf ich Sie darauf aufmerksam machen, daß ich 32 Jahre lang Aktuar unserer Kirchgemeinde war?« rief er, »das muß doch bekannt sein hier!«

Da fiel ihm seine Mappe aus den Händen, und als er sich nach ihr bücken wollte, verließen ihn die Kräfte, der Mut, die Zuversicht, der Glaube, der Geist, die Gedanken, und alle Gesetze, denen er bisher gehorcht hatte.

Die Göttin

Am Anfang, bevor die Welt erschaffen war, streifte Gott durchs Nichts, um irgendwo etwas zu finden. Er hatte die Hoffnung schon fast aufgegeben und war todmüde, als er plötzlich vor einer großen Baracke stand. Er klopfte an, und eine Göttin öffnete und bat ihn, hereinzukommen.

Sie sei, sagte sie, gerade mit der Schöpfung beschäftigt, aber er solle sich ruhig ein bißchen hinsetzen und ihr bei der Arbeit zuschauen. Zur Zeit war sie daran, in einem Aquarium verschiedene Wasserpflanzen einzusetzen.

Gott war in höchstem Maße erstaunt über das, was er sah, er wäre nie auf die Idee gekommen, eine Substanz wie Wasser zu erschaffen. Gerade dies aber, sagte die Göttin lächelnd, sei sozusagen die Grundlage des Lebens überhaupt.

Nach einer Weile fragte Gott, ob er vielleicht etwas helfen könne, und die Göttin sagte, sie wäre sehr froh, wenn er das Wasser und ihre bisherigen Schöpfungen auf einen der Planeten bringen könnte, die sie etwas weiter hinten eingerichtet habe. Sie würde gerne auf dem unbedeutendsten anfangen, probeweise.

Also begann Gott damit, die Schöpfungen der

Göttin eine nach der andern aus ihrer Baracke auf die Erde zu bringen, und es ist nicht verwunderlich, daß später die Menschen auf diesem Planeten nur den Gott kannten, der das alles gebracht hatte, und ihn für den eigentlichen Schöpfer hielten.

Von der Göttin aber, die sich das ausgedacht hatte, wußten sie nichts, und deshalb ist es höchste Zeit, daß sie einmal erwähnt wurde.

Was nicht in der Bibel steht

ist die Geschichte von den drei Prinzen aus dem Abendlande. An sie erging nämlich die gleiche Weissagung wie an die Heiligen Drei Könige aus dem Morgenlande, wenn auch etwas zeitiger, denn die Reise war entsprechend länger.

Sie machten sich also bereits ein Jahr vor dem angekündigten Erscheinen des Weihnachtskometen auf den Weg nach Bethlehem, zu Pferd alle drei, jeder mit einem Schildknappen auf einem zweiten Pferd sowie einem weiteren Pferd, das mit den Vorräten für die lange Reise und mit den Gaben für das heilige Kind beladen war.

Nach vielerlei Mühsal und Entbehrungen – sie ritten durch menschenleere, ausgedörrte Täler ohne irgendeine Quelle, sie mußten Furten und Isthmen auf wackligen Flößen überqueren, sie hatten mit Wegelagerern, fremden Sprachen und verwanzten Herbergslagern zu kämpfen – kamen sie in Jerusalem an und hatten noch fast einen Monat Zeit bis zum großen Ereignis. Ihren Wirt bezahlten sie schlecht, weil das Geld knapp geworden war, und als sie diesen fragten, wo es nach Bethlehem gehe, wies er sie zum Osttor hinaus und sagte, dieser Ort sei mindestens drei Wochen von Jerusalem entfernt.

Die drei Prinzen erschraken und machten sich sofort auf die Weiterreise, die sie von einer Wüstenoase zur nächsten brachte. Einmal trafen sie drei Könige an, die sich auf dem entgegengesetzten Weg befanden, und verbrachten einen angenehmen Abend mit ihnen. Auch sie waren offenbar unterwegs zu einem neu zu gebärenden Kind, von denen es in dieser Gegend nur so zu wimmeln schien. Sie empfahlen den Prinzen aus dem Abendlande, in ihren Schlössern Einkehr zu halten, falls sie ihr Weg dort vorbeiführen würde.

Nach ein paar Tagen erblickten die Prinzen in der Abenddämmerung einen großen Stern, der auf ein Schloß wies. Sie wurden sehr aufgeregt, denn nun mußten sie sich der Bestimmung ihrer Reise nähern. Sie waren deshalb etwas überrascht, als sie im Schloß kein Neugeborenes antrafen, das in einer Krippe lag, wie es ihnen prophezeit worden war, sondern drei prachtvoll gekleidete junge Frauen. Es waren die Gemahlinnen der Heiligen Drei Könige, die sich hier versammelt hatten, um etwas Geselligkeit zu haben, während ihre Männer auf diese unverständliche Reise gingen, auf die sie sogar noch Schmuck als Geschenk für ein neugeborenes Kind mitgeschleppt hatten, Schmuck, der ihnen auch wohl angestanden hätte. Um auf ihre festliche Stimmung aufmerksam zu machen, hatten sie vom Hofmeister einen leuchtenden Stern über dem

Schloß befestigen lassen, und sie waren außerordentlich erfreut, als sie von den drei interessanten Prinzen aus dem Abendlande Besuch bekamen.

Auch diese hatten gar nichts dagegen, in dampfenden Bädern gewaschen und gesalbt zu werden und sich dann mit ihren Gastgeberinnen an eine üppig gedeckte Tafel zu setzen. Danach verbrachten sie einige Nächte voll glühender Leidenschaft mit den drei wunderschönen Königinnen, die sie in alle Geheimnisse orientalischer Liebeskunst einweihten, und als sich die drei Prinzen wieder auf den Heimweg machten, um einer eventuellen Rückkehr der königlichen Ehemänner zuvorzukommen, waren sie höchst befriedigt über das Ergebnis ihrer Reise.

Wären sie in Jerusalem nicht vom habgierigen Wirt fehlgeleitet worden, wären sie wohl gemeinsam mit den Heiligen Drei Königen aus dem Morgenland in Bethlehem erschienen, hätten auch Erwähnung in der Bibel gefunden und wären heute ebenso Bestandteil jedes Krippenspiels wie Maria und Joseph, die Hirten und Ochs und Eselein.

Der Autostopper

Der Teufel machte einmal außerhalb von Bellinzona Autostop, aber niemand wollte einen Typ mit Hörnern und einem Dreizack mitnehmen.

Endlich, es ging schon gegen Abend, hielt ein Amerikanerwagen an, und der Fahrer, ein jüngerer Mann mit langen Haaren und sanften Augen, hieß den Teufel einsteigen. Dieser setzte sich neben den Fahrer und gab als Reiseziel Rom an.

Dorthin fahre er auch, sagte der sanfte Langhaarige und lächelte dem Autostopper zu.

Dieser schaute den Fahrer immer wieder an und fragte ihn schließlich: »Kennen wir uns nicht von irgendwoher?«

»Ich glaube, wir haben uns zuletzt in der Wüste gesehen«, sagte der und hob freundlich seine durchlöcherte Hand.

»Und was willst du in Rom?« fragte der Teufel.

»Den Papst erschrecken«, sagte der Fahrer, »der glaubt doch schon lang nicht mehr an mich.«

»Darf ich mitkommen?« fragte der Teufel.

»Aber gern«, sagte der Fahrer, »zusammen sind wir stärker.«

Beide lachten, und Jesus gab Gas.

Brief an einen Heiligen

Lieber Heiliger Georg,

was ich Dich schon lange fragen wollte: Warum hast Du eigentlich den Drachen getötet?

Du kamst doch damals in eine Stadt, in der gerade die Tochter des Königs dem Drachen geopfert werden sollte. Mit ihr zusammen gingst Du vor die Stadt, und als das Untier kam, hast Du es mit Deinem Speer tödlich verwundet.

So weit, so gut.

Dann hat die gerettete Prinzessin dem Drachen ihren Gürtel um den Hals gelegt und ihn wie einen Hund an der Leine in die Stadt geführt.

So weit, so gut.

Sehr gut sogar.

Aber dann, lieber Heiliger, hast Du den Drachen in der Stadt vor allen Leuten mit dem Schwert getötet. Hingerichtet eigentlich.

Und auf einmal tut mir der Drache leid.

Wieso hat ihn die Prinzessin nicht gezähmt? Vielleicht hätte er Hundebiscuits gefressen und hätte die Prinzessin bewacht, und später ihre Kinder.

Vielleicht hätte man ihm im Zoo ein Gehege einrichten können, zwischen den Wölfen und den

Eisbären. Vielleicht war der Drache schwanger und hätte junge Drächlein zur Welt gebracht, die wiederum Junge gehabt hätten, und wir könnten sie heute noch bewundern.

Vielleicht hätte man den Drachen auch zu den armen Leuten schicken können, die frieren, und er hätte ihre Hütten mit seinem Feuerstrahl ein bißchen wärmen können.

Vielleicht hätte man mit ihm sprechen müssen.

Warum hast Du nicht versucht, ihn zu streicheln, nachdem Du ihn verwundet hattest?

Das wäre das größere Kunststück gewesen, als ihn umzubringen, und für dieses Kunststück hätte ich Dich gern heilig gesprochen.

Ich warte jetzt, bis der Drache wieder auftaucht, und werde versuchen, ihn diesmal umzustimmen.

Wenn es mir gelingt, schreib ich Dir wieder.

Wenn es mir nicht gelingt, wirst Du's auch hören, dann werde ich wahrscheinlich heilig gesprochen. Weil ich ihn umgebracht habe. Oder er mich.

Alles Gute und herzliche Grüße

Franz Hohler

Der Reiter

Ein Reiter ist gekommen.

Den Weg ins Land muß er über die Berge gefunden haben. Er ist klein, barfuß, seine Haut
glänzt dunkelgelb, er ist in ein weites Gewand
gehüllt, das flattert, wenn er reitet. Auch sein
Pferd ist klein, aber kräftig, von einer Farbe, als
sei es früher weiß gewesen und durch die lange
Reise stumpf geworden.

Er sagt nur ein einziges Wort, dschumal, und
offensichtlich sagt er es als Frage, denn er zieht
dazu ein Pergament aus seinem Gewand. Ein Ge-
lehrter, zu dem er gebracht wird, weiß, daß das
Wort in einer alten mongolischen Sprache »Kaiser« bedeutet hatte, aber er kann die Schrift auf
dem Pergament nicht lesen.

Es ist schwer, dem Reiter begreiflich zu machen, daß wir keinen Kaiser haben.

Man begleitet ihn zum Regierungsgebäude.
Der Bundespräsident empfängt ihn nicht. Ein
Staatssekretär will die Botschaft entgegenneh-
men, doch der Reiter weigert sich.

Dschumal, sagt er immer wieder, während er
das Pergament vor den Fotografen und den Fern-
sehkameras in die Höhe hält. Er weiß, daß der
Kaiser die Botschaft lesen könnte, und er weiß,

daß er verloren ist, wenn er sie nicht überbringen kann. Sinnlos seine große Reise, sinnlos sein langer Ritt. Weint er jetzt, oder warum greift er sich an die Stirn? Nein. Mit einer Handbewegung treibt er die Menschenmenge auseinander, und laut wiehernd galoppiert sein Pferd mit ihm davon, jagt durch die Gassen der Hauptstadt und verschwindet im großen Wald westlich des Flusses.

Das Befinden

»Wie geht's?« fragte die Trauer die Hoffnung.
»Ich bin etwas traurig«, sagte die Hoffnung.
»Hoffentlich«, sagte die Trauer.

Die 47

Einmal, es war Abend, und eine Amsel sang auf dem Dach des Rechenzentrums, brach die 47 plötzlich in Tränen aus.

Sofort wandten sich die 46 und die 48 zu ihr, trockneten ihre Tränen ab und sprachen ihr gut zu.

Danach stand sie wieder schön und sauber in der Zahlenreihe. Nie hat sie gesagt, warum sie weinen mußte. Einen Zusammenhang mit der Amsel jedenfalls hat sie stets abgestritten.

Die blaue Amsel

Amseln sind schwarz.

Normalerweise.

Eines Tages aber saß auf einer Fernsehantenne eine blaue Amsel. Sie kam von weither, aus einer Gegend, in der die Amseln blau waren.

Ein schwarzer Amselmann verliebte sich in sie und bat sie, seine Frau zu werden. Zusammen bauten sie ein Nest, und die blaue Amsel begann, ihre Eier auszubrüten, während ihr der Amselmann abwechselnd zu fressen brachte oder für sie die schönsten Lieder sang.

Einmal, als der Mann auf Würmersuche war, kamen ein paar andere Amseln, vertrieben die blaue Amsel aus dem Nest und warfen ihre Eier auf den Boden, daß sie zerplatzten.

»Wieso habt ihr das getan?« fragte der Amselmann verzweifelt, als er zurückkam.

»Weil wir Amseln schwarz sind«, sagten die anderen nur, blickten zur blauen Amsel und wetzten ihre gelben Schnäbel.

Die Frage

Als das krebskranke Kind seine Mutter fragte, wieso es so viel leiden müsse, wußte die Mutter keine Antwort.

Als die kleine Krebsmaus ihrer Mutter die gleiche Frage stellte, wußte diese sofort eine Antwort.

»Das ist unsere Aufgabe«, sagte sie, »wir bekommen besonders leicht Krebs, damit die Wissenschaft an uns ausprobieren kann, wie man den Menschen hilft, die Krebs haben. Vielleicht kannst du sogar ein Menschenkind retten.«

Die kleine Krebsmaus nickte und biß auf die Zähne.

Etwas später fragte sie: »Aber warum tut es so grauenhaft weh?«

Beresinalied

Wir alle sind
verurteilt zum Tode
vom Augenblick an
an dem wir das Licht der Welt erblicken
deshalb schreien die meisten
bei der Geburt
doch niemand von uns
weiß den Tag und den Ort und die Stunde
an dem das Urteil vollstreckt wird
und so vergessen wir langsam
daß wir verurteilt sind
und wenn wir ins Auto steigen
denken wir nicht daran
daß drei von uns
nicht mehr aussteigen werden
an diesem Tag
in diesem Land
und ihnen wird
bei der Abfahrt
ihr Urteil nicht einmal verlesen
kein Abschied möglich
kein letzter Wunsch
dabei haben alle
noch soviele Worte nicht gesagt
und soviele Briefe nicht geschrieben

und soviele Berge nicht bestiegen
standrechtlich sind sie verunfallt
die drei von heute
von gestern
von vorgestern auch
und von morgen.
Wie aber geht es denen
welche ihr Urteil ausgehändigt kriegen
denen ein Weißgekleideter
teilnahmsvoll
aber unwiderleglich
ein kleines Wort präsentiert
zuunterst auf einem Blatt
voll Werten, Prozenten und Zahlen
ein Wort wie ein Messerstich
positiv
HIV-Positiv
ausgerechnet
ganz genau ausgerechnet sie
sie können doch gar nicht gemeint sein
mit diesem Wort
und allem
was daraus folgt
und nun fangen sie an
Geschichten zu sammeln
von denen
bei welchen es gut ging
bei welchen es lange gut ging
so lange wie möglich

und leben wir denn nicht alle
in einem Gefängnis
ja
aber sie
sie sind ab jetzt
in der Todeszelle
und werden gesondert behandelt
es ist nicht derselbe Trakt des Gebäudes
umgeben sind sie
von Hochsicherheit
und Berührungsangst
sie werden
mit Plastikhandschuhen angefaßt
und draußen ist man für sie
an der Arbeit
ihre Verteidiger
eilen vom Arzt zum Spital
vom Spital zur Fürsorge
mobilisieren die Freundinnen, Freunde
Familien
alle
denn Trost ist gefragt
ganz dringend
und gute Gedanken
Gefühle
damit sie doch nicht Gefangene sind
nur Geiseln vielleicht
die noch zu befreien wären
oder ach, Soldaten

Soldaten sind sie
im tiefsten Winter
vor kalten Flüssen
in fremden Ländern
weit entfernt
von dort, wo sie eben noch waren
vom eignen gesunden Heimatkörper
und irgendwo singt der Leutnant Legler
sein Lied voller Eiskristalle
   Unser Leben gleicht der Reise
   eines Wandrers in der Nacht
   jeder hat auf seinem Gleise
   etwas, das ihm Kummer macht
an welchem Ufer stehen sie
wenn sie durchs Fenster schauen
vielleicht ist alles nicht wahr
und wird denn nicht weiter-
                   gelacht, gelebt, gearbeitet
weiter getrunken und weiter gegessen
doch durch die große blaue Schüssel
in der sie die üppigen Sommersalate mischten
mit Feta, Oliven, Zwiebeln und Thon
durch diese Schüssel
geht ein Sprung
und wenn sie sich nun
eine neue kaufen
wird es nie mehr dieselbe sein
nie mehr
tragen sie doch

das eben gefällte Urteil
mit sich herum
in der Tasche
und in der andern Tasche
die Sehnsucht
die Träume
die Hoffnung
   Darum laßt uns weitergehen
   weichet nicht verzagt zurück
   hinter jenen fernen Höhen
   wartet unser noch ein Glück
doch was für ein Glück soll das sein
das irgendwo fern
auf die nicht verzagenden wartet
ist es am Ende
nur die Erlösung vom Leid
wie soll man da leben
wie soll man da leben
und Sommersalate machen
im russischen Winter der Seele
und hat nicht der Zahnarzt
gestern gefragt
ob sich das denn wirklich noch lohne
die teure Gebißkorrektur
am Ufer der Beresina
getroffen bereits
vom tödlichen Splitter
   Aber unerwartet schwindet
   vor uns Nacht und Dunkelheit

und der Schwergeprüfte findet
Linderung in seinem Leid
und die Getroffenen wissen auf einmal
alles
und wir, die Verschonten
nichts
die Getroffenen wundern sich sehr
wenn wir, die Verschonten
in die Agenda blicken
und sagen
November 96
käme vielleicht in Frage
denn was wissen wir vom November 96
jetzt
im September 95
haben *sie* nicht in der Tasche
das Urteil, das Urteil, das Urteil
positiv, positiv, positiv
und plötzlich rufen sie uns, den Verschonten, zu:
Nehmt euer eigenes
Todesurteil hervor
und öffnet die Augen
und schaut es euch an
und dann kommt mit uns
Mutig, mutig, liebe Brüder
gebt die bangen Sorgen auf
morgen steigt die Sonne wieder
freundlich an dem Himmel auf
und dann kommt mit uns

zur großen Protestkundgebung
gegen den Tod
sie ist jeden Tag
auf unsern Straßen
in unsern Häusern
in unsern Betten
an unsern Tischen
singt und tanzt und eßt und trinkt
und liebt und träumt mit uns
wir haben nicht sehr viel Zeit
bis der Eisstrom
über die Ufer tritt
und uns mitreißt
weit in der Ferne
dort, wo wir stehen
und wir alle zusammen
haben nicht sehr viel Zeit
bis da, wo wir wohnen
die große blaue Schüssel
zerbricht.

Das verbotene Zimmer

Soviele Türen stehen offen in unserm Schloß.

Und dann ist die eine, die schlimme, die verbotene, die unheilvolle, von der Schloßvater und -mutter ihrem Kind sagen, aber gell, die machst du nie auf. Nie.

Mhm, sagt das Kind, nie, und es verkehrt in allen andern Zimmern, im Musikzimmer, im Wasserballzimmer, im Pingpongzimmer, vielleicht öffnet es auch die Türe, die nach Amerika führt, und nach einem Jahr kommt es durch dieselbe Türe wieder zurück, es wirkt zufrieden, es spricht vernünftig mit uns, es ist fröhlich, es ist phantasievoll, es macht eine Lehre oder nimmt die Matura in Angriff, und wir atmen schon auf – unsere Erziehung war richtig.

Und da, eines Tages, als wir weg sind, Schloßvater und -mutter, spürt das Kind die unerklärliche, durch nichts zu besänftigende Sehnsucht, einmal, nur ein einzigesmal, die verbotene Türe zu öffnen, und vielleicht schreien in diesem Moment hunderttausend Schloßmütter und -väter und -geschwister und -großmütter und -urgroßmütter in ihm: »Tu's nicht! Tu's nicht!«

Und das Kind geht hin und öffnet die Türe, allen Stimmen zum Trotz, und es kommt in ein wunderschönes Zimmer, und es ahnte ja, daß es dort schön sein würde, und es bleibt ein bißchen, und erst, als es die Eltern kommen hört und zurückhuschen will ins Schloß, merkt es, daß es im verbotenen Zimmer gefangen ist, und daß man durch diese Türe nur hinein kann, aber niemals wieder zurück.

Die Verurteilte

Da tritt sie ein, in den Festsaal des Märchenhotels oberhalb der reichen Stadt, und es applaudieren ihr die Vertreter der Ölgesellschaften, die verschiedensten Präsidenten und Vizepräsidenten, viele Menschen, die irgendeine Würde tragen, lauter Geladene, mit Begleitung, wie es auf der Eintrittskarte heißt, und sie, die den Saal betritt, gut beschirmt von kantigen jungen Männern mit Funkgeräten in der Hand und Knopflautsprechern im Ohr, sie ist jung und lieb, eine Frau, die man gernhaben muß, Schriftstellerin ist sie und Ärztin, und die Erstarrten ihres Landes und ihrer Religion haben sie zum Tode verurteilt, mehrmals, weil sie in ihren Büchern und Artikeln immer wieder geschrieben hat, daß die Menschen frei seien, und mit den Menschen meinte sie auch die Frauen, und hätte sie dafür nicht diesen unglaublichen Todesspruch auf sich gezogen, säßen wir nicht hier, denn dann wäre es niemandem von der Erdölvereinigung eingefallen, eine Schriftstellerin aus Bangla Desh einzuladen, die einfach Bücher und Artikel über das Leben und die Nöte der Menschen dort schreibt.

Nun aber darf, soll, muß sie hier eine Ansprache halten, im Vortragszyklus »Fairness«, und sie geht mit leichten Schritten zum Pult, entnimmt einem winzigen Handtäschchen ein Manuskript, faltet es auseinander und liest es vor, sie sagt nicht ladies and gentlemen zu uns, sondern dear friends, und sie breitet keine Analyse vor uns aus, was Fundamentalismus ist und wie er entstand, oder was die Frauen im Islam bedeuten und weshalb, oder sonst etwas, das unsern bereitwillig gerunzelten Denkerstirnen entgegenkäme, sondern sie spricht hartnäckig nur von dem, was ihr persönlich passiert ist, und von dem, was sie mit ihrem Schreiben erreichen möchte, und sie ist etwas aufgeregt dabei, stellt ständig einen Fuß mit der Zehenspitze auf den Boden hinter dem Rednerpult, und als sie nach zwanzig Minuten mit sanfter Stimme sagt, sie möchte ihre Tränen in Worte verwandeln, und sie hoffe, daß ihre Worte Feuerkugeln seien, fireballs which burn fundamentalism, sind wir alle etwas betreten, daß die Rede schon zu Ende ist, denn das Programm versprach eine Stunde mehr, aber da die Schriftstellerin keine Diskussion gewünscht hatte, klatschen wir umso heftiger, stehen dann auf und gehen zum Erdölapéritif hinunter, und beim Anblick des mehrstöckigen Weihnachtsbaums in der Hotelhalle denke ich, was denkt wohl die Verurteilte, wo sie hier ist und bei wem.

Am Ufer

Heute habe ich den Flußuferspaziergang nachgeholt, den ich vor einem Jahr verpaßt habe.

Mitten im Dezember behauptet die Sonne, es sei Frühling. Frauen schieben mit frischen Schritten ihre schlafenden Säuglinge über die Kieswege.

Zwei Kinder turnen an einem Nadelbaum mit ungeheuren Tannenzapfen. Ihre kleinen Fahrräder liegen am Boden, daneben zwei aufgeschlagene Alben mit eingeklebten Bildchen. »Zack, der Ranger« heißt die Geschichte, und die Bildchen, die offenbar zum Tauschen herumliegen, zeigen verschiedene Ansichten eines Mannes mit einem schwarzen, das ganze Gesicht verdeckenden Helm.

Große Hunde werden an kurzen Leinen geführt, kleine an solchen, die sich unendlich verlängern, wenn der Hund vorausspringt, oder wenn der Herr vorausgeht und der Hund stehenbleibt.

Die Saar fließt träge und bräunlich, ich weiß nicht wohin, sie wirkt irgendwie unzufrieden, vielleicht sehnt sie sich nach dem Meer. Am andern Ufer lärmt die Stadtautobahn, unbelehrbar.

Sind das Einschußlöcher da oben an der Brücke, in Geländerhöhe? Haben hier ein paar Gymnasiasten und Lehrlinge kurz vor Kriegsende zitternd auf die anrückenden Amerikaner geschossen? Oder sind es nur Witterungsschäden am Sandstein?

Zerschlagt die NATO! ist unter der Brücke an der Wand zu lesen, und etwas darunter: Nutella an die Macht!

Drei Männer legen mit einem Motorboot am Ufer an, ein vierter erhebt sich von einem Bänklein und spricht mit ihnen. Worüber? Vielleicht wollen sie zu Schiff nach Frankreich.

Es ist nicht die Jahreszeit für Bootsfahrten, und die fest vertäuten Restaurantschiffe sind kaum besucht. Eines heißt »Vaterland«, aber das nützt auch nichts.

Das Stadttheater zieht majestätisch an mir vorbei und preist auf Flaggen alles an, was heilig ist, Faust, Falstaff, Fledermaus.

Nun wird das Ufer von Neubauten gesäumt: Die Innenstadt ist da!

In den Parterres der Bürohäuser täuschen griechische und italienische Restaurants Süden vor. Ich sage dem griechischen Kellner, wenn er mir gesagt hätte, daß die Omelette mit gemischtem Salat serviert werde, hätte ich nicht noch einen gemischten Salat bestellt. Es kostet 20,80. Um mich für seine Unaufmerksamkeit zu rächen, will ich ihm kein Trinkgeld geben und lege eine 50er Note hin. Als er fragt, haben Sie 80 Pfennig, lege ich eine Mark hin und sage, es ist gut. Es ist so schwer, bis ins Detail böse zu sein.

Als ich mich auf den Rückweg mache, hat die Sonne ihre Behauptung wieder zurückgezogen. Ist Ausbeutung lese ich auf dem Boden des Uferwegs. Das Subjekt der Ausbeutung ist verblaßt.

Ein fallengelassener Einkaufszettel erinnert daran, daß es Kuchen-Toast, Kaffee und Duokarten zu kaufen gilt.

Später liegt eine nackte Frau auf dem Trottoir und lädt mich zu einem Gratisdrink in einer Bar ein. Obwohl ich sofort weiß, daß ich die Einladung nicht annehmen werde, schaue ich sie einen Moment an, bevor ich weitergehe.

Wintersport

Mit dem Bus lasse ich mich von Pontresina nach Surlej bringen, steige dort aus und esse in einem Restaurant eine Gerstensuppe. Alle Menschen in Langlaufanzügen essen Gerstensuppe. Den Mann mit nur einem Arm, der seiner Frau sagt, ich muß mal wohin, sehe ich nachher in der Toilette, wo er sich vor dem Spiegel so ausgiebig kämmt, daß ich nicht an den Waschtrog rankomme.

Eine ängstliche Frau fragt mich beim Anschnallen ihrer Skis, wie lang es nach Sils gehe. Da ich es auch nicht weiß, sage ich, das hänge von ihrem Tempo ab, füge dann aber tröstend hinzu, länger als eine Stunde sollte es nicht dauern.

Es ist wunderschön, mit langen Schritten über den gefrorenen See zu gleiten und sich von den Bergen zuschauen zu lassen. Der Wind bläst mir so stark ins Gesicht, daß ich die Läufer der Gegenrichtung beneide. Gestern gehörte ich auch zu ihnen, aber heute will ich nach Maloja, dorthin, wo der Wind herkommt.

Später, mitten auf dem Silsersee, kommt mir angesichts des mächtigen Hotels, das in der Ferne wie eine Zitadelle dasteht und das Ende des Oberengadins markiert, das Gedicht von Lorca in den Sinn mit der Zeile »yo nunca llegaré a Córdoba«, »nie werde ich Córdoba erreichen«, und als ein Wegweiser dazu einlädt, nach rechts zu einer Bushaltestelle abzubiegen, erliege ich sofort der Versuchung und steige bald darauf ins Postauto, welches an den verschiedenen Talstationen erschöpfte Wintersportler abholt, die sich mit unbeholfenen Schritten und abwesenden Blicken einen Sitzplatz suchen und dann etwas zu laut Schwünge und Stürze des heutigen Tages miteinander besprechen.

Eine große Heiterkeit liegt über dem abendlichen Engadin.

Auf dem St. Moritzer See haben ein paar Leute mit einer riesigen Spur das Wort ARSCH in den Schnee getreten.

Die Ankunft

Heute abend habe ich in Örlikon zwei Vogel-
schwärmen zugeschaut, die über dem Franklin-
platz kreisten. Der eine war ein Taubenschwarm,
was mich erstaunte, denn Tauben habe ich sonst
nur dann als Schwarm wahrgenommen, wenn es
irgendwo krachte und alle in gleichzeitigem
Schrecken aufflogen. Der andere Schwarm war
kleiner, und am leicht nervösen Flug erkannte ich
die Stare. Auch das erstaunte mich, denn es war
der 27. Januar, ein bissiger Wind ging, und am
Morgen hatte es geschneit.

Aber da waren sie, die Frühlingsboten, und die
beiden Schwärme machten sich nun ein Vergnü-
gen daraus, wie Kunstfliegerstaffeln aufeinander
zu und dann haarscharf aneinander vorbeizu-
fliegen, wobei allerdings öfter ein Vogel im
Schwarm der andern weiterzog, als hätte er sich
beim Kreuzen getäuscht. In großem Tempo ver-
schwanden sie hinter der Kuppel des Apotheker-
hauses in Richtung Marktplatz und tauchten
dann wenig später über dem Nachbargebäude
wieder auf, drehten ab und erhoben sich steil gegen das Migroshochhaus, um sich sogleich im
Sturzflug fallen zu lassen, immer spielerisch die
gegenseitige Nähe suchend, jedes Entfernen war

nur ein Ausholen zum erneuten Aufeinanderzufliegen, und je länger ich zuschaute, desto stärker
wurde mein Gefühl, es handle sich hier um eine
Begrüßung, und die Tauben freuten sich, daß die
Stare wieder zurück seien von ihrer langen und
gefahrvollen Reise, und als der Taubenschwarm
plötzlich auf dem Dach von Örlikons teuerster
Bauruine Platz nahm, blieben noch einige Tauben
im Starenschwarm und zogen mit den Neuankömmlingen zusammen solange ihre Kreise, bis
sich diese in einer ganz raschen Schlußkurve auf
die beiden hohen Thujas neben der Bauruine setzten und gedämpft miteinander zu zwitschern begannen, während die Tauben auf dem Giebel
daneben leise gurrend über den beiden Schlafbäumen wachten.

Frühlingsanfang

Mit den Taschen des Abendeinkaufs stand er vor seiner Haustüre und suchte den Schlüssel, da hörte er zum erstenmal in diesem Jahr eine Amsel singen. Wie schön, dachte er, jetzt bringe ich schnell die Taschen hinein, stelle dann den Kehrichtsack für morgen früh vors Haus und höre noch ein bißchen dem Vogel zu.

Als er mit dem verschnürten Sack vor die Türe trat, war der Gesang verstummt.

Die Taube

Aus dem Fenster meines Zimmers im Osten Berlins sehe ich auf ein zwanzigstöckiges Hochhaus. Blicke ich hinunter, sehe ich die Spree oder einen Arm davon.

Manchmal stehe ich eine Weile am Fenster und schaue hinaus, auch wenn es nicht viel zu sehen gibt. Über die Spreebrücke gehen Menschen, fahren Autos. Ab und zu tritt ein Hochhausbewohner auf einen Balkon, um eine Zigarette zu rauchen.

Gestern allerdings ist etwas passiert.

Auf den Spreearm schauend, sah ich erst auf den zweiten Blick, daß der Vogel, der von der Wasseroberfläche abzuheben versuchte, weder eine Möwe noch eine Ente war, sondern eine Taube. Sie mußte in den Fluß gefallen sein und mühte sich nun vergeblich ab, wieder hochzukommen. Durch die leichte Strömung wurde sie auf die Brücke zugetrieben, und nirgends war ein Halt zu sehen, die Ufer sind hier blanke Mauern. Eine zweite Taube flatterte um die ertrinkende herum, ohne ihr helfen zu können.

In Berlin, so hatte ich auf der Herreise in der Zeitung gelesen, sei den Tauben kaum beizukommen. Jedes Tier scheiße im Laufe eines Jahres etwa 14 kg Kot, harnsäurehaltig und ätzend, wodurch über tausend Tonnen Taubendreck auf die Stadt niedergingen und Gebäudeschäden in Millionenhöhe anrichteten. Versuche, Habichte und Falken als natürliche Feinde anzusiedeln, seien fehlgeschlagen, und man hoffe nun auf die Wirkung einer Hormonpille, welche, als Vogelfutter getarnt, den Fortpflanzungstrieb unterdrücken sollte.

Wie könnte man denn nur, dachte ich, wie könnte man denn nur diese Taube retten, diese eine Taube, die um ihr Leben kämpfte und die nun, zusammen mit der zweiten Taube, welche sie klagend in den Tod begleitete, langsam unter dem dunklen Brückenbogen verschwand.

Gedankenfax nach Sarajewo

an Simon Gerber und Marija Wernle-Matić, die nach einem einwöchigen Aufenthalt für die »Kulturbrücke« in Sarajewo am 3. April 1995 auf der Rückfahrt von der Stadt zum Flughafen von Karadžić-Soldaten an einem serbischen Checkpoint festgenommen und verschleppt wurden. Erst 5 Wochen später wurden sie wieder freigelassen.

Lieber Simon, liebe Marija,

Ihr saßt so vergnügt
im Bus nach Zagreb
am Montagabend vor vierzehn Tagen
als ich Euch winkte
und der Wagen langsam
durch schwere Flocken
am Sihlquai verschwand.
Ihr freutet Euch auf die Reise
aus der ich mich
ganz zuletzt zurückzog
Nachrichten lesend
von wiedereinsetzendem
Artillerie- und Granatbeschuß
Mobilmachungsaufrufen
sowie anderen Häßlichkeiten
Hemingway wäre wohl trotzdem gegangen
doch Schwejk riet mir ab

und so blieb ich zu Hause.
Ihr nahmt mir's nicht übel
doch nach der Abfahrt des Busses
stand ich da wie gelähmt
und wußte die folgenden Tage nicht
was tun
fast nicht verstehend
warum mein Gefühl es nicht zugelassen hatte
mit Euch zu kommen
Besuche zu machen
bei Menschen
welche versuchen
um einen Rest von Kultur zu kämpfen
Izet Sarajlić zum Beispiel
der Dichter der Sätze:
    »Da,
    den zehnten Tag schon ist Krieg,
    und wir können
    immer noch nicht
    hassen.«
Oder Nedzad Ibrisimović
Präsident der übrigbleibenden Schreiber
in Sarajewo
der letzten November in Zürich
vor bestürzend wenig Leuten sagte
wie schwer es sei
wenn man täglich vom Bösen umgeben sei
nicht selbst auch böse zu werden.
Oder Adil Kulenović

der im Radio »Studio 99«
unermüdlich behauptet
daß das Zusammenleben von Menschen
verschiedener Herkunft, Religion und Gedanken
NORMAL sei...

Wenn man Euch nun
des Tragens von unerlaubtem Material
beschuldigt
kann damit nur gemeint sein
Kulturgut
Bilder, Filme, Zeitschriften, Bücher
Zeugen also der Worte
»Ich« und »Wir«
oder »miteinander«
und auf diese Worte
zielen die Mörser rings auf den Hügeln
die wollen sie treffen
denn sie bezeichnen die Menschen
die nicht aufgegeben haben
zu hoffen, zu träumen, zu lieben
die Dienstuntauglichen
die Realitätsverweigerer
die Kriegssaboteure
die sind gefährlich im Krieg
denn sie beschäftigen sich
mit dem Leben
statt mit dem Tod.

Ich möchte Euch sagen
wie traurig ich bin
daß ich Euch nichts anderes schicken kann
als meine guten Gedanken
und meine Hoffnung
daß Dein mütterlich-liebes Wesen
Marija
den Unmut Deiner Wächter erstickt
und daß Dein immer strahlender Blick
lieber Simon
standhält dem düsteren Blick der Bewacher
und daß Ihr bald wieder da seid
und uns erzählt
ob es wirklich nichts als ein Zufall war
daß Ihr in diese Falle gerietet
oder wer sie gestellt hat
Euch
der Kultur
und dem Leben.

Die Verhaftung

Kürzlich, als ich in Luzern im Zug saß und auf die Abfahrt nach Zürich wartete, ging ein Mann in einer roten Jacke und mit einer roten Starter-Mütze auf dem Kopf in großer Eile am Erstklaß-wagen entlang, schob vor sich her einen andern Mann und rief laut etwas nach hinten, das ich von drinnen nicht verstand. Da es der letzte Wagen des abgehenden Zuges war, nahm ich zuerst an, er rufe weiteren Mitreisenden zu, sie sollen schon einsteigen, der Zug fahre gleich ab. Als er dann selbst einstieg, wunderte ich mich über die Art, wie er den zweiten Mann vor sich herstieß – war dieser vielleicht blind? Da die Türe zum Abteil offen stand, hörte ich jedoch sofort darauf, was er zu ihm sagte: »Faccia di merda, mi riconosci?« Und das war nun etwas, das man zu keinem Blinden sagen würde: »Scheißgesicht, erkennst du mich wieder?« Dann zog er ein Paar Handschellen hervor, sie klickten rechts hinter dem Türaus-schnitt, und jetzt kam durchs Abteil ein weiteres Duo, dessen erster Mann ähnlich unbarmherzig vom zweiten Mann vor sich hergeschoben wurde. Auch auf ihn wartete ein Paar Handschel-len, die offenbar vom Mann mit der roten Mütze verwaltet wurden.

An dieser Stelle wären im Film über eine Großaufnahme der gefesselten Gelenke die Schlußtitel von unten nach oben über die geöffnete Abteiltüre gerollt. Aber die beiden Polizisten in Zivil stiegen nun mit ihren Missetätern aus und strebten wieder dem Perronende zu, und schon setzte sich der Zug langsam in Bewegung.

Mir seitlich gegenüber saßen zwei Interrail-Amerikanerinnen, die wohl zuvor über die frisch restaurierte Kapellbrücke geschlendert waren und sich vielleicht etwas mehr Action gewünscht hätten im Postkartenstädtchen mit den Raddampfern und dem Pilatus im Hintergrund. Ebenso überrascht wie ich von der Schnelligkeit und der Wahrheit der soeben abgelaufenen Szene schauten sie einander an, nickten dann anerkennend und sagten wie aus einem Mund: »Wow!«

Und das wäre die zweite Möglichkeit für einen Schlußtitel gewesen.

Rafik Schami
im dtv

»Meine geheime Quelle ist die Zunge der anderen. Wer erzählen will, muß erst einmal lernen zuzuhören.«
Rafik Schami

Das letzte Wort der Wanderratte
Märchen, Fabeln und phantastische Geschichten
dtv 10735

Die Sehnsucht fährt schwarz
Geschichten aus der Fremde · dtv 10842
Erzählungen vom ganz realen Leben der Arbeitsemigranten in Deutschland.

Der erste Ritt durchs Nadelöhr
Noch mehr Märchen, Fabeln & phantastische Geschichten · dtv 10896

Das Schaf im Wolfspelz
Märchen & Fabeln
dtv 11026

Der Fliegenmelker und andere Erzählungen
dtv 11081
Geschichten aus dem Damaskus der fünfziger Jahre.

Märchen aus Malula
dtv 11219
Geschichten voller Zauber, Witz und Weisheit des Orients.

Erzähler der Nacht
dtv 11915
Salim, der beste Geschichtenerzähler von Damaskus, ist verstummt. Sieben einmalige Geschenke können ihn erlösen. Da schenken ihm seine Freunde ihre Lebensgeschichten...

Eine Hand voller Sterne
Roman
dtv 11973
Alltag in Damaskus. Über mehrere Jahre hinweg führt ein Bäckerjunge ein Tagebuch...

Der ehrliche Lügner
Roman · dtv 12203
Der weißhaarige Geschichtenerzähler Sadik erinnert sich an seine Jugend, als er mit seiner Kunst im Circus India auftrat. Und an die Seiltänzerin Mala, seine große Liebe...

Vom Zauber der Zunge
Reden gegen das Verstummen
dtv 12434

T. C. Boyle im dtv

»Aus dem Leben gegriffen und trotzdem unglaublich.«
Barbara Sichtermann

World's End
Roman · dtv 11666
Ein fulminanter Generationenroman um Walter Van Brunt, seine Freunde und seine holländischen Vorfahren, die sich im 17. Jahrhundert im Tal des Hudson niederließen.

Greasy Lake und andere Geschichten
dtv 11771
Von bösen Buben und politisch nicht einwandfreien Liebesaffären, von Walen und Leihmüttern…

Grün ist die Hoffnung
Roman · dtv 11826
Drei schräge Typen wollen in den Bergen nördlich von San Francisco Marihuana anbauen, um endlich ans große Geld zu kommen.

Wenn der Fluß voll Whisky wär
Erzählungen
dtv 11903
Vom Kochen und von Alarmanlagen, von Fliegenmenschen, mörderischen Adoptivkindern, dem Teufel und der heiligen Jungfrau.

Willkommen in Wellville
Roman · dtv 11998
1907, Battle Creek, Michigan. Im Sanatorium des Dr. Kellogg läßt sich die Oberschicht der USA mit vegetarischer Kost von ihren Zipperlein heilen. Unter ihnen Will Lightbody. Sein Trost: die liebevolle Schwester Irene. Doch Sex hält Dr. Kellogg für die schlimmste Geißel der Menschheit… Eine Komödie des Herzens und anderer Organe.

Der Samurai von Savannah
Roman · dtv 12009
Ein japanischer Matrose springt vor der Küste Georgias von Bord seines Frachters. Er ahnt nicht, was ihm in Amerika blüht…

Tod durch Ertrinken
Erzählungen
dtv 12329
Wilde, absurde Geschichten mit schwarzem Humor.

América
Roman · dtv 12519

Eveline Hasler im dtv

»Eveline Haslers Figuren sind so prall voll Leben, so anschaulich und differenziert gezeichnet, als handle es sich samt und sonders um gute Bekannte.«
Klara Obermüller

Anna Göldin
Letzte Hexe
Roman · dtv 10457
Die erschütternde Geschichte des letzten Hexenprozesses in Europa im Jahre 1782.

Ibicaba
Das Paradies in den Köpfen
Roman · dtv 10891
Hunger und Elend führen im 19. Jahrhundert in der Schweiz zu einer riesigen Auswanderungswelle ins »gelobte Land« Brasilien. Doch das vermeintliche Paradies entpuppt sich für die meisten als finstere Hölle.

Der Riese im Baum
Roman · dtv 11555
Die Geschichte Melchior Thuts (1736–1784), des *größten* Schweizers aller Zeiten.

Die Wachsflügelfrau
Roman · dtv 12087
Das Leben der Emily Kempin-Spyri, der ersten Juristin im deutschsprachigen Raum, und ihr einzigartiger Aufstieg als Kämpferin für die Frauenrechte in der Schweiz und in New York.

Der Zeitreisende
Die Visionen des Henry Dunant
Roman · dtv 12556
Er widmete sein Leben der Überwindung von Gewalt und Krieg: der Begründer des Roten Kreuzes.

Der Jubiläums-Apfel und andere Notizen vom Tage
dtv 12557
Glossen aus Eveline Haslers Schriftstellerwerkstatt in der italienischen Schweiz.

Novemberinsel
Erzählung
dtv großdruck 25138
Eine junge Frau zieht sich mit ihrem jüngsten Kind im November auf eine Mittelmeerinsel zurück in der Hoffnung, aus einer psychischen Krise herauszufinden.